KB126163

WISHBOOKS GAME FANTASY STORY

판렐 플레이어 23

비츄 게임 판타지 장편소설

초판 1쇄 찍은 날 | 2020년 3월 24일
초판 1쇄 펴낸 날 | 2020년 3월 31일

지은이 | 비츄
펴낸이 | 예경원

기획 | 위시북스
편집책임 | 이은송
편집 | 위시북스

펴낸곳 | 예원북스
등록번호 | 제396-2012-000132호
등록일자 | 2012. 7. 25
KFN | 제1-522호

주소 | 경기도 고양시 일산동구 호수로 646-24 위너스21II빌딩 206A호 (우)10401
전화 | 031-819-9431 팩스 | 031-817-9432
E-mail | yewonbooks@naver.com

ⓒ비츄, 2018

ISBN 979-11-365-2087-6 04810
        979-11-6098-880-2 (set)

23

만렙
플레이어

WISHBOOKS GAME FANTASY STORY
비츄 게임 판타지 장편소설

Wish
Books

CONTENTS

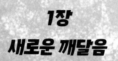

1장
새로운 깨달음

한주혁이 말했다.

"그래도 내가 형인데."

물론 형인 적은 없지만, 그냥 지금부터 형 하기로 했다.

그리고 그 말의 의미를 대충 알아들은 블랙 라이폰들은 기세등등해졌다.

끼긱-! 끼긱!

끼기긱-! 끼긱!

블랙 라이폰들이 털을 쭈뼛쭈뼛 세우며 앞니를 길게 뺐다.

루펜달의 눈이 가늘어졌다.

'요것들 봐라?'

루펜달은 루펜달답게 라이폰들의 마음을 쉽게 읽을 수 있었다.

"그래그래. 어깨를 쭉 펴라. 우리는 형님의 훌륭한 펫들이 니까!"

라이폰들이 공중에 뜬 천사를 향해 달려들었다. 아까까지 는 겁에 질려 있었던 천사가 손을 한 차례 휘둘렀다.

"어딜 감히!"

하늘에서 하얀색 화살이 쏟아지기 시작했다.

끼긱! 끼기긱!

라이폰들이 각자 블링크를 사용하며 성족의 화살을 피해냈다.

한주혁은 감탄할 수밖에 없었다.

'성족 한정으로는 엄청난 움직임을 보이네.'

성족의 천적이 틀림없었다. 저 하얀색 화살이 그렇게 보잘 것없는 화살이 아니건만, 라이폰들은 화살 비를 쉽게 피해내 며 천사에게 접근했다.

"어림없다!"

천사가 달려드는 라이폰을 향해 팔을 뻗었다.

손바닥이 라이폰의 얼굴에 닿았다. 그와 동시에 라이폰의 앞니가 길게 뻗어 나갔다. 마치 천사의 손바닥을 뚫어버릴 것 처럼.

그런데 라이폰의 앞니는 천사의 손바닥을 뚫지 못했다.

'오?'

한주혁은 볼 수 있었다. 천사가 신전의 특별한 보호를 받고 있다는 것을.

아까 심안으로 느낀 게 맞았다.

'오케이.'

그렇단 말이지.

한주혁이 한 걸음 앞으로 움직였다.

그사이 천사가 외쳤다.

"현자여! 당장 나와 힘을 합쳐 이 더러운 놈들을 없애는 데 힘을 보태야 할 것이다! 그분께서 현자의 모든 행적을 다 보고 계심이니!"

"아……. 다 보고 있구나."

한주혁이 머리를 긁적거렸다.

"어디서 못된 구라만 배워가지고."

다 보고 있었으면 지금 이런 상황은 펼쳐지지 않는다. 이쪽에 도움을 요청하지도 않았을 거다. 처음부터 이 라이폰들은 한주혁이 길들인 것 아니던가.

천사는 신전의 보호를 받으며 주먹을 내질렀다.

"타핫!"

그 주먹에서 하얀색 구체가 쏘아졌다. 구체 하나가 결국 블랙 라이폰의 배에 닿았다.

하얀색 구체는 그 크기를 점점 키워갔다. 그리고 블랙 라이폰을 집어삼킬 듯 커졌다.

끼기긱! 끼긱!

구체에 반쯤 삼켜진 라이폰이 팔다리를 바둥거렸다.

"신전의 힘에 보호받는 성족을, 너희 미물 따위가 어떻게 할 수 있을 것 같으냐!"

의기양양해진 천사가 한주혁을 노려봤다.

"그대의 마음은 잘 알겠다. 이제 우리 성족은 그대를 배신자로 간주할 것이며……!"

최후의 선포를 내렸다.

"절대로. 네놈에게 성족의 증표를 수여하지 않을 것이다! 이제부터 네놈은 적이다!"

캡틴이 외쳤다.

"후퇴!"

어벤져스 연합은 후퇴할 수밖에 없었다.

파라가일에 새로이 나타난 몬스터인 필라덴피아. 그 진화형이라 할 수 있는 블랙 필라덴피아는 사냥하기가 매우 까다로웠다.

'자르는 건 안 돼.'

자르면 오히려 분열한다.

'불에도 안 타고.'

불에도 강력한 내성을 가지고 있는 것으로 파악되었다. 각종 마법에 대한 방어력도 매우 높았다. 그나마 다행인 것은 필라덴피아의 공격력이 상당히 낮다는 것.

'이것 참……'

필라덴피아는 스스로 분열하여 증식하는 몬스터다. 그 숫자가 벌써 256마리를 돌파했다. 시간이 지나면 지날수록 기하급수적으로 늘어날 거다.

"블랙 몬스터로 진화하기 전에 테일러 연합은 필라덴피아를 어떻게 잡았지?"

"둔기로 내려쳐서 충격파를 전달하는 형태로 잡았다고 합니다."

"그거 말고."

캡틴도 그 사실을 알고 있다. 필라덴피아를 공략하러 오면서 그 정도도 공부하지 않았을 리는 없다.

"그 외에 다른 건? 버프라든가. 특수한 약물 혹은 아이템을 사용했다든가."

"그런 건 전혀 없었습니다."

이쪽도 필라덴피아를 공격하지 못하고, 필라덴피아도 이쪽을 제대로 공격하지 못했다. 다만 필라덴피아의 숫자가 많아짐에 따라 간혹 합성 혹은 합체하는 개체들도 있었는데, 그 개체들이 가끔 위험한 공격을 하곤 했다.

'마치 좀비 같군.'

죽일 수가 없다. 한 마리, 한 마리가 그렇게 위협적이지는 않지만 모이면 꽤 위협적이다.

2시간 뒤.

둔기로 중무장한 딜러진이 합세하여 필라덴피아를 사냥하는 데에 성공했다. 하지만.

"사냥하는 속도보다 증식하는 속도가 더 빠릅니다."

"……."

기대했던 블랙 스톤은 드랍되지 않았다.

'몇십 마리 잡아보면 대충 답이 나오겠지.'

그런데 일이 그렇게 쉽게만 풀려가지는 않았다.

"필라덴피아의 증식 속도가 더 빨라졌습니다!"

"사냥 속도가 증식 속도를 따라잡을 수가 없습니다!"

"몇몇 개체가 거대한 하나의 개체로 변했습니다!"

블랙 필라덴피아는 거대한 슬라임의 형태로 변하여 플레이어들을 그 몸속에 가두고는 했는데, 플레이어들은 그 안에서 익사했다.

"피해가 벌써 7명에 이릅니다."

다행히 델리트 능력은 가지고 있지 않은 것 같았다. 한시름 부담은 덜었으나 그래도 위험하기는 했다. 지금이야 파라가일 필드를 벗어나지 않고 있다지만, 이렇게 계속해서 증식하게 되면?

'우리가 못 잡는 몬스터는…….'

결국 미국의 그 어떤 플레이어들도 잡을 수 없다는 얘기다. 절대악 같은 불세출의 영웅이 미국에 등장하지 않는 이상, 필라덴피아를 잡을 수는 없다.

'결국 또 절대악에게 도움을 요청해야 하나?'

아주 조금, 자괴감이 밀려들었다.

'조금만 더.'

조금만 더 방법을 찾아보기로 했다.

캡틴은 절대악에게 매우 우호적이며 친선 관계를 위하여 굉장히 노력하는 축이지만, 그렇다고 해서 자립심마저 완전히 버린 건 아니었다. 할 수 있는 데까지는 노력해 봐야 하는 것 아니겠는가.

그렇게 며칠이 흘렀을 때.

어벤져스 연합은 새로운 사실을 하나 알아낼 수 있었다.

"필라덴피아의 증식 속도가 많이 늦춰졌습니다. 필라덴피아의 천적이 나타났기 때문입니다."

필라덴피아의 증식 속도 자체는 비슷한데, 필라덴피아를 잡아먹는 몬스터가 생겨났다.

파라가일 필드의 밸런스를 위해서 등장한 것만 같은 그 몬스터는 생쥐 형태의 몬스터로, 이름은 '마이티 마우스'였다.

"마이티 마우스의 레벨은 약 70 정도 됩니다. 상당히 고레벨의 몬스터인데, 플레이어에게는 큰 관심이 없고 필라덴피아만을 사냥하고 있습니다."

필라덴피아와 마이티 마우스의 전쟁이 시작되었다.

서로의 힘은 막상막하. 많은 필라덴피아가 마이티 마우스에 의해 죽었고, 또 그만큼 많은 마이티 마우스가 필라덴피아에 의해 죽었다.

"분석에 따르면 이빨 공격에 취약한 면모를 보이고 있습니다. 아마 비슷한 공격 능력을 가진 쥐 형태의 몬스터에게 많이 약할 것 같습니다."

그에 따라 미국은 발 빠르게 움직이기 시작했다. 블랙 스톤을 드랍할지도 모를 개체다.

전국에서 테이머를 모집했다. 그것도 '생쥐형' 몬스터를 다룰 수 있는 테이머들을 우대했다.

이 사실은 전 세계에 조금씩 알려지기 시작했다.

-파라가일에 나타난 최초의 자가 분열 몬스터.

-슬라임형 몬스터 필라덴피아 vs 생쥐형 몬스터 마이티 마우스.

미국인들이라면 누구나 파라가일을 알고 있다. 누구나 거쳐 가는 필드이기도 했고. 그래서인지 관심이 더욱 높아졌다.

"마이티 마우스라는 놈이 필라덴피아를 잡아먹는대."

"근데 필라덴피아의 증식 속도가 점점 더 빨라진다던데?"

"위기를 느낄 때마다 조금씩 빨라지는 모양이야."

처음에는 막상막하였던 필라덴피아와 마이티 마우스의 싸움이, 시간이 지나면 지날수록 필라덴피아 쪽으로 기울어갔다. 마이티 마우스의 개체 수에 비해, 필라덴피아의 개체 수가 더 많았기 때문이다.

"마이티 마우스가 천적이기는 천적인데…… 물량에서 딸리나 봐."

"어벤져스 연합이 테이머들 모집해서 필라덴피아를 사냥한다던데 그건 어떻게 됐지?"

"생쥐형 몬스터를 그렇게 강하게 키운 테이머가 세상에 몇이나 있겠냐?"

보통 생쥐형 몬스터는 강한 축에 속하지 않는다. 그나마 이번에 나타난 '마이티 마우스'가 그간 알려진 생쥐형 몬스터들 중에서는 가장 강력한 몬스터라 할 수 있다.

"그러게…… 태생부터가 약하잖아."

"요즘 뜨는 말인데 올림푸스 세계에 종족 값이라는 게 존재한대."

"그거야 뭐. 흔한 말 아니냐?"

종족을 초월해서는 강해질 수 없다. 종족마다 각자 그 한계가 있다. 그런 얘기는 이미 공공연한 사실이었다.

"플레이어랑 NPC도 종족 값이 다르다는 말이 있는데 뭐."

플레이어와 NPC도 종족 값이 달라서 아무리 노력해도 플레이어는 NPC를 넘어설 수 없다는 이론도 굉장히 잘 알려진 이론이었다.

"어쨌든 생쥐형 몬스터는 대부분 종족 값이 개쓰레기라 그걸 키운 테이머는 없을 테고."

그러면 마이티 마우스보다 강력한 생쥐형 몬스터도 없다는 얘기다. 결국 시간은 블랙 필라덴피아의 편이라는 얘기가 된다.

"근데 그거 블랙 몬스터라며? 그거 운 좋게 하나라도 잡으면……."

"블랙 스톤이 드랍되는 거지."

블랙 스톤. 그야말로 꿈의 로또라 할 수 있는 세기의 보물. 수많은 미국인, 아니, 전 세계인들이 일확천금의 희망을 품으며 파라가일로 향했다.

한주혁이 가볍게 웃었다.

최후통첩을 받았다. 이제는 적이란다. 증표를 주지 않겠단다.

그와 동시에 알림이 들려왔다.

-'최후의 성족이 남긴 발자취'가 '성족의 분노'로 전환되었습니다.
-퀘스트. '성족의 분노'가 발동되었습니다.
-준보스 몬스터. '성족 나르사텐' 레이드가 시작됩니다.
-준보스 몬스터. '성족 나르사텐'은 '최후의 성전 엘탄'의 가호를 받습니다.

한주혁이 짐짓 황당한 듯 말했다.

"증표를 주지 않는다니. 그것참 큰일이군."

오히려 잘됐다. 어차피 증표는 필요 없다. 증표는 이미 세 개 다 모았다.

"신전의 보호라."

한주혁이 당황하고 있다고 생각한 천사, 나르사텐이 여유만 만하게 웃었다.

"그렇다. 이 쥐새끼들은 물론이거니와……!"

눈을 크게 떴다.

"인간 따위는 엘탄의 가호를 받는 나를 어찌할 수 없을 것이다."

한주혁에게 알림이 이어졌다.

-'최후의 성전 엘탄'을 파괴할 방법을 찾으십시오.

-'최후의 성전 엘탄'은 플레이어의 '성'과 같은 역할을 하는 성족의 특별한 보호 장치입니다.

인간에게는 성이 존재한다. 그처럼 성족에게는 성전이라는 것이 존재하는 것 같다.

'가지가지하네.'

정말 여러 가지 방법을 사용하는 것 같다. 이러니까 성마전 쟁 때, 무식하게 주먹과 발로만 싸우려던 마족이 졌던 것 같다.

"곧 성스러운 비가 내려 너희를 정화시킬 것이다."

한주혁도 눈치챘다. 강대한 마나 폭풍이 하늘 위. 육안으로는 보이지 않는 저 구름 위에서 느껴지고 있었다.

'성스러운 비라.'

강력한 힘을 가진 공격 스킬을 준비하고 있는 것 같다.

"그런 거 모르겠고."

하여튼 이게 성이랑 비슷한 거라면, 성과 같은 설정값을 가질 거다.

"인간들의 성보다야 단단하겠지."

인간에게 인간의 종족 값이 있고, 성족에게 성족의 종족 값이 있다면 그들의 성에도 분명 차이는 있을 거다. 성족의 성이 더 단단하고 강한 내구성을 가지고 있을 것은 틀림없다.

"근데 그래 봤자 성이잖아?"

과거의 힘. 악 속성의 힘보다 근본적으로 훨씬 강력한 힘인 혼돈의 힘. 그 힘을 가진 한주혁이 씨익 웃었다.

그리고 스킬을 사용했다.

-스킬. 마성격을 사용합니다.

수성격과 파성격이 하나로 합쳐진, 한주혁의 사기급 스킬 마성격. 그 마성격이 한주혁의 손에 의해 펼쳐졌다.

'어?'

그와 동시에 한주혁은 무엇인가를 느낄 수 있었다.

'다르다.'

그것도 아주 많이.

'이건 더 이상 마성격이 아냐.'

한주혁은 스스로 느낄 수 있었다.

이 느낌은 마치.

'광역화된 심검.'

한주혁은 분명히 그렇게 느꼈다. 이건 심검의 느낌에 가까웠다.

심검이 인간의 심장을 꿰뚫는, 보이지 않는 검이라면 마성격은 성의 핵을 꿰뚫는 보이지 않는 거대한 창 같은 느낌이었다.

이건 단순히 그의 느낌이 아니었다. 알림이 그가 느낀 것이 사실임을 확인시켜 주었다.

-절대자 클래스를 확인합니다.

-혼돈의 기운을 확인합니다.

-심장에 새겨진 심검의 상처를 확인합니다.

절대자 클래스. 그리고 발아된 혼돈수의 씨앗 덕분에 얻은 혼돈의 힘. 거기에 더해 스승 새끼(꼬롱새)가 남긴 심검의 상처가 서로 시너지 효과를 일으켜 상승효과를 가져왔다.

-마성격에 심검의 묘리가 적용됩니다.

한주혁의 머릿속에 정보가 밀려들었다.

'그냥 사용했으면…… 내 몸이 폭주했어.'

한주혁의 현재 신체는 심검을 소화하기도 버겁다. 하물며 광역화된 심검을 사용하기는 더욱더 어렵다.

그런데 지금은 크게 무리가 느껴지지 않는다.

'심검을 광역화해서 거대한 심검을 사용한 게 아니라.'

다행히, 그와는 근본적으로 조금 다른 형태의 마성격이 발동되었기 때문이다.

'원래부터 안정적이었던 스킬인 마성격에…… 심검의 묘리를 덧씌운 거니까.'

결과는 비슷하지만, 과정이 완전히 다르다는 얘기다. 심검을 확대시킨 것이 아니라, 마성격에 심검의 묘리를 살짝 덧씌운 것뿐이다.

-마성격의 명칭이 심성격으로 변화됩니다.

-스킬. 심성격을 사용합니다.

한주혁의 심장이 뛰기 시작했다.

'조금만 잘 응용하면…….'

모든 것에 심검의 묘리를 섞을 수 있다.

심검은 사용하기 전에 그 어떤 기척도 없다. 효과음이나 이펙트도 없다. 준비 동작도 필요 없다. 마음으로 생각하면 바로 시전된다. 그것이 심검의 무서운 점이다.

'실체도 없어.'

실체도 없다. 말 그대로, 의지를 가지고 상대를 공격한다.

'아……'

이런 게 깨달음인가 싶다. 아직 정확한 방법은 잘 모르겠지만 길이 보였다.

'어쩌면 그때 내가 경험했던…… 라이나를 소멸시켰던 그 힘보다 더 강력한 힘으로 발전할 수 있어.'

그때보다도 더 은밀하고 강력한 힘. 그 힘을 아직 얻지는 못했지만, 그 길이 보이기 시작했다. 흔히들 말하는, 깨달음을 얻었다.

일단은 심성격이 그 빛을 발했다.

'심성격.'

마성격에 비해 이름은 조금 이상할지언정, 그래도 무려 '심'이 붙었다. 스승인 칸트가 자신에게도 알려주지 않았던 비기 중의 비기. 그 심검의 능력이 마성격에 덧씌워졌다.

"으아아악!"

공중에 떠 있던 천사가 비명을 질렀다.

"어, 어떻게……!"

성족의 천적이라 할 수 있는 라이폰들이 순식간에 접근해서 자신의 날개를 뜯어 먹는 것이 느껴졌다.

끼기기! 끼긱!

라이폰들은 천사의 날개를 갉아 먹었다. 순식간에, 나르사
텐의 날개가 작아지기 시작했다.

"어떻게 신전의 가호를 받고 있는 나를……!"

나르사텐은 이해할 수가 없었다. 무슨 일이 벌어진 건지 알
수 없었다.

신전은 여전히 건재했다. 신전이 무너지기 전까지. 신전의
가호는 무조건적으로 발동해야 하는 것이 옳지 않겠는가.

"이건 말도 안 돼!"

나르사텐이 악을 썼다.

"으아아악! 제기랄!"

괴로움에 몸부림치다가 조금씩 땅으로 떨어져 내렸다.

한주혁에게 알림이 들려왔다.

-최후의 성전 엘탄의 크리스탈을 파괴하였습니다.
-최후의 성전 엘탄의 모든 기능이 마비됩니다.

인간들의 성으로 쳤을 때, 단순히 성벽을 무너뜨린 것이 아
니라 성벽에 에너지를 공급하는 크리스탈 자체를 부숴 버렸
다. 화려한 이펙트도 없고 효과음도 없었지만, 그 효과는 마성
격보다 훨씬 강했다.

'사용하는 순간…… 신전이 사라졌어.'

종족 값으로 치자면 인간들의 성보다 더 높을 것이 분명한 성족들의 성이 심성격 한 번에 무너져 내렸다.

'내 상태도 그렇게 정상은 아니지만.'

현재 그의 스탯 상태는 물음표. 그리고 높아졌다 낮아졌다를 반복하며 널뛰기를 하고 있는 중으로, 정상이라고 볼 수는 없다.

'굳이 분류해 보자면…… 물음표와 불안정 상태 그 중간 어디쯤인 것 같은데.'

아무리 안정 스킬인 마성격에 심검의 묘리를 덧씌웠다고는 해도, 신체 자체에 무리가 아예 가지 않는 것은 아닌 것 같았다. 확실히 더 불안정해졌다.

'그래도…….'

이 정도면.

'충분히 사용할 만한데?'

성족의 성을 단 한 번에. 그것도 아무도 느끼지 못할 만큼 빠르게, 심지어는 본인이 인식하기도 전에 무너뜨렸다. 복구조차 불가능하도록 파괴해 버렸다.

거기에 더해.

-카오스 마나 컨트롤이 신체를 안정화시킵니다.

원래부터 뛰어난 심법이었던 '파천심공'과 적대악으로서 얼었던 '세인트 마나 컨트롤'이 혼돈수가 가진 조화의 능력으로 융합되면서 훨씬 더 뛰어난 마나 컨트롤 능력으로 변했다.

'조금만 안정을 취하면 비교적 정상 상태에 들어가겠어.'

나르사텐은 땅으로 떨어지면서, 어떻게든 다시 하늘로 오르려고 안간힘을 썼다.

"이 비겁하고 더러운 인간쓰레기들아!"

그렇지만 그의 날개는 이미 라이폰들에 의해 뜯어 먹힌 지 오래. 더 이상 하늘에 떠 있을 수 없었다. 아무리 발버둥을 쳐 봐도, 추락하는 것은 멈출 수 없었다.

날개가 사라진 나르사텐의 몸에서 성력이 급속도로 빠져나가기 시작했다.

그사이 한세아가 마법을 활성화시켰다.

-스킬. 홀리랜서를 사용합니다.

준보스 몬스터. 성족 나르사텐이 땅에서 떨어져 내렸다.

한세아가 정확히 조준했다.

"오케이. 조준 완료. 오빠, 쟤 공격한다?"

한주혁이 고개를 끄덕이자 한세아가 활성화시킨 홀리랜서, 기다란 창이 나르사텐의 가슴을 관통했다.

-준보스 몬스터 레이드에 성공하였습니다.

-나르사텐을 사냥하였습니다.
-'최후의 성전 엘탄'이 성족의 죽음을 목격합니다.
-'최후의 성전 엘탄'이 '최후의 천벌'을 준비합니다.

인간들의 성과는 조금 다른 면이 있는 것 같았다. 최후의 성전 엘탄. 그러니까 이 성족의 성은 성족이 자신의 권역 안에서 사망하면, 강력한 마법을 구사할 수 있도록 설계된 것 같았다.

다급해진 3충성이 물었다.

"어떻게 하죠?"

무려 '최후의 천벌'이라는 이름이 붙은 공격이다. 아마도 플레이어 전부를 공격하는 광역 공격이 될 거다.

절대악이나 앱솔루트 네크로맨서같은 절대 고수들은 그렇다 치더라도, 한낱 아이템 콜렉터인 자신은 사망을 염두에 두지 않을 수 없다. 아무리 절대악 파티라고 해도 완벽하게 안전하지는 않으니까.

'그러고 보니…… 루펜달마저도 저번에 죽었잖아.'

죽고 싶지 않다. 현대인에게 있어서 접속 불가 제한은 재앙이나 다름없지 않은가.

루펜달이 3충성의 어깨를 두드렸다. 그러고는 천사의 말투를 흉내 내면서 말했다.

"믿음이 적은 자여. 참으로 아둔하구나."

"……"

"이 정도로 두려움을 느낀다면, 펫의 자격이 없다. 저 생쥐들에게도 서열이 밀릴 참이냐?"

3충성이 인상을 잔뜩 찡그렸다.

'난 펫 따위 관심 없다……!'

라고 외치고 싶었는데, 정말 묘하게도.

'그래도…… 생쥐들한테 밀리는 건 좀 그렇지?'

아주 미묘한 감정이 들었다.

펫이 될 생각은 전혀 없다. 인간으로서 동등하게, 절대악과 함께 서고 싶다. 역사를 만들어가고 싶다. 그리고 그 역사의 현장을 자신의 눈으로 분석하여 기록으로 남기고 싶다. 그것이 인터넷 논객 '충성충성충성'이다.

루펜달이 이해한다는 듯 3충성의 어깨를 다시 한번 두드리고, 인정하기 싫은, 아니, 인정할 수 없는 3충성에게 말했다.

"인정해. 인정하면 편해."

천사, 준보스 몬스터 나르사텐은 사망했다.

나르사텐의 죽음을 목격한 최후의 성전 엘탄은 아무것도 하지 못했다.

한세아가 흥얼거렸다.

"아무것도 못 하죠."

마치 성전 엘탄에게 들으라는 듯, 흥얼거리기를 멈추지 않았다.

"아무고토 모 타죠. 아무고토 모 타죠. 아무고토 모 타죠.(아무것도 못 하죠. 아무것도 못 하죠. 아무것도 못 하죠.)"

-최후의 선전 엘탄의 모든 기능이 마비되었습니다.
-최후의 성전 엘탄이 구동되지 않습니다.
-최후의 성전 엘탄의 '최후의 천벌'이 사용되지 않습니다.

한주혁이 사용한 심성격의 파괴력은 이후에 이어졌어야 할 '최후의 천벌'마저도 미리 없애 버렸다.

천세송은 빙그레 웃었다.

'역시 우리 오빠.'

일단 준보스 몬스터 나르사텐은 잡았다. 그 이후에 있었을, 어려운 관문도 그냥 깨버린 것 같다.

'준보스 몬스터 나르사텐이었으면…… 결국 보스 몬스터도 존재한다는 소리인데.'

천세송의 생각을 읽기라도 한 듯 목소리가 들려왔다.

"끔찍한 혼종이로고."

모습은 보이지 않았다.

그때 신전 안쪽에 위치하고 있던 대문이 활짝 열리고, 그 안에서 머리를 길게 기른 한 남자가 걸어 나왔다.

한주혁이 그 남자를 쳐다봤다.

'천사.'

그 남자의 등 뒤에서 6장의 날개가 달려 있었다.

-5분간 안전지대가 선포됩니다.

-공격할 수 없습니다.

지금은 서로 공격할 수 없는 상태. 아마 시나리오 설명이 조금 이어질 거다. 주어진 시간은 5분.

"끔찍하구나. 혼종이여. 우둔한 현자인 줄 알았더니, 악독한 뱀이었구나."

쯔쯧, 하고 혀를 차는 남자의 손에 하얀색 기운이 몰려들기 시작했다.

그 하얀색 기운은 그의 손아귀에서 소용돌이치다가 이내 기다란 막대 형태로 변했다.

"인간을 상대로. 가르샤의 창을 사용하게 될 줄이야."

아이템 콜렉터. 3충성의 귀가 번뜩였다.

'가르샤의 창!'

저게 뭔지는 모른다.

'저건 먹는다……!'

뭔지는 몰라도 좋은 것 같다. 저 강력해 보이는 보스 몬스터가 두려운 게 아니라, 저 아이템을 드랍하지 않을 것 같아서 두렵다.

한주혁이 중얼거렸다.

"상급 천사."

느껴지는 힘은 강대했다. 그러나 데미안이나 카르티안 급이라고 보기에는 어려웠다. 시스템에서 말하는 대천사 '라리엘' 급은 아닌 것 같았다.

'그렇다고는 해도 쉽게 볼 상대는 아냐.'

원래는 어려운 상대가 맞다.

'얘네가 없었다면 훨씬 어려웠겠지.'

심안을 통해 느껴졌다.

저 남자 형태의 천사는 자신보다도 오히려 라이폰들을 더 신경 쓰고 있었고, 라이폰들은 천사에게 겁먹지 않았다. 오히려 꼬꼬의 식탐 가득한 눈동자와 비슷한 눈동자를 하고 있었다.

'덕분에 좋은 정보를 얻었네.'

과연 이 라이폰들을 제대로 길들이는 데 성공해서, 이후에 있을 전쟁에 유용하게 써먹을 수 있을지는 나중 문제다. 적어도 지금은 큰 도움이 된다.

천사가 말했다.

"성족의 명예와 긍지는 전부 땅에 집어치웠나? 어떻게 너 같이 끔찍한 혼종이 이곳까지 발을 들일 수 있었지? 나의 증표가 필요했던 것이 아니었나?"

"음."

성족의 명예와 긍지가 뭔지는 모르겠다.

"원래 이기려면 수단과 방법을 가리지 않는 것이 너희 성족 아니었냐?"

인간들을 끌어들이고, 마족과 결탁하는 것도 서슴지 않았다.

"아니, 뭐. 이기면 장땡이지."

한주혁 자신은 마족이 아니다. 데미안처럼 우직하지도 않다. 이기면 장땡이다.

'성족과 에르페스가 한편.'

그리고 마족과 절대악, 아니, 절대자가 한편.

'이 시점에서 라이폰을 얻었고.'

준비는 거의 다 되어가는 것 같다.

카를로스 평야, 아서 광산, 헬 하운드 목장, 그리고 수많은 영지와 젊은 영웅 칸트와 블랙. 그러한 지지 기반들이 생겼고, 이제는 시나리오의 중심부에 들어와 있다.

한주혁이 씨익 웃었다.

"성족의 증표. 필요 없어."

대신 다른 게 필요하다.

"성족의 정수. 그거나 내놔."

"……"

천사가 창을 들어 올렸다. 날개를 활짝 폈다.

"역시 마족과 결탁한 혼종이었구나. 정수를 탐내는 것을 보니."

안전지대 설정은 이제 10초가량 남았다.

한주혁이 몸을 돌렸다. 지금 당장 스스로 싸울 생각은 없다. 이제 7초 남은 것을 확인한 후, 라이폰들에게 말했다.

"너희들. 날개 갉아 먹는 걸 허락한다."

그 말에 천사가 긴장하며 창을 들어 올렸다. '가르샤의 창' 주변에 하얀색 기운이 모여 회전하기 시작했다. 그 하얀색 기운이 원이 되어 하나의 거대한 방패처럼 변했다.

남은 시간은 이제 3초.

"가서 물어."

2초. 1초.

라이폰들이 달리기 시작했다.

그때 3충성이 눈을 크게 떴다.

"헐……?"

3충성이 생각한 것과는 너무나 다른 일이 벌어졌다. 그는 감탄할 수밖에 없었다.

'절대악이 또…….'

2장
모든 것이 개이득이다

3충성은 감탄했다.

'라이폰이 다할 것처럼 해놓고서는……'

천사들이 라이폰을 크게 신경 쓰고 있다는 것을 이미 알고 있는 절대악은 그 사실을 영악하게 사용했다.

'일부러 말도 제대로 못 알아듣는 라이폰에게 명령을 내리고……'

쉽게 말해 어그로를 끌었다. 천사가 라이폰에게 집중하게 만들기 위해서.

그리고 그 틈을 노려 절대악이 천사를 공격했다.

쿨럭!

천사의 입에서 피가 흘러내렸다.

"이런 힘이…… 남아 있었던 것이냐?"

천사의 상식으로는 이해할 수 없었다. 대천사급에 해당하는 성족들도 신전을 이렇게 부수지는 못한다. 그게 상식이다.

저 플레이어에게 성을 부수는 특별한 능력이 있다고 가정한다 할지라도, 성을 부순 이후에는 큰 힘을 사용하지 못해야 한다.

'어떻게…… 인간이…….'

인간이 어떻게 이런 힘을 가질 수 있는가. 이 정도면 상급 마족이라고 해도 과언이 아닐 정도다. 또 왜, 처음에는 느끼지 못했던 마족의 기운이 느껴지는 것인가.

한주혁은 만족스러운 웃음을 지었다.

'심검. 좋네.'

심검. 마구잡이로 사용할 수는 없지만 일단 사용하면 그 효과는 확실한 스킬이다.

한주혁은 라이폰을 미끼로 어그로를 끌고서는, 정작 중요한 공격은 스스로 했다.

끼긱! 끼기긱-!

라이폰들이 달려들었다.

한세아는 멀뚱멀뚱 하늘을 올려다보았다.

"되게…… 위엄 넘치게 등장했는데……."

라이폰으로 틈을 만들고, 그 틈을 타서 심검으로 공격하여 빈틈을 크게 만든 뒤, 다시금 라이폰으로 공격하는 수법.

"되게…… 없어 보이게 사냥당하네."

라이폰 몇 마리가 천사의 날개를 물어뜯기 시작했다. 앞니가 길게 자라났다가 줄어들었다가를 반복하면서 날개를 갉아 먹었다.

"음……."

한세아는 뒤통수를 긁적거렸다.

"오빠. 되게 사기꾼 같아. 나도 라이폰으로 뭘 할 줄 알았어."

"아무렴 어때."

뭐가 어찌 됐든 결과만 좋으면 되는 것 아니겠는가.

"그만! 그만두지 못하겠느냐!"

날개를 갉아 먹히는 와중에, 천사가 크게 고함을 질렀다.

그와 동시에 커다란 충격파가 일었다. 천사를 뒤덮었던 라이폰 무리가 튕겨져 나갔다.

천사가 비틀거리며 일어섰다.

"비겁한 놈……! 라이폰을 앞세워 뒤통수를 치다니."

한주혁은 딱히 대꾸하지 않았다. 루펜달만이 싱글벙글 웃으며, '비겁? 그게 뭐죠? 먹는 겁미? 우걱우걱!'이라면서 홀로 중얼거렸다.

"어째서…… 네놈의 몸에서 마족의 기운이 느껴지는 것이냐……? 이곳은 성족의 정수를 받은 자만이 출입할 수 있는 곳이다."

어쨌든 저 혼종도 성족의 정수를 하나 이상은 가지고 있다는 얘기가 된다.

"도대체 누구로부터 정수를 받았지?"

천사는 인상을 잔뜩 찡그렸다.

'젠장.'

너무나 순식간에 벌어진 일이라 제대로 대처하지 못했다.

'갑자기 심장을 공격하는 기술이라니.'

인간들에게 그런 기술이 있다고는 들었었다. 종족 값의 한 계치에 다다른 인간들이 사용하는 기술이라고 했다.

그렇지만 천사는 그것에 크게 개의치 않았었다. 그래 봤자 인간들이니까.

'단순히 인간의 기운이 아니다.'

인간의 기운이었다면, 아무리 심검이어도 자신을 이렇게까지 궁지로 몰아넣지는 못했을 거다. 가슴 쪽에 통증이 좀 오고 말았을 것이다.

'잘 정돈되어 있고 감추어져 있지만······.'

그래서 처음에는 전혀 느끼지 못했지만, 저 정도 큰 기술 속에는 근본이 묻어져 있게 마련이다.

"······네 정체가 무엇이냐?"

"나?"

한주혁이 어깨를 으쓱했다.

'심검을 쓰면서 내 힘의 근본을 조금 알아차린 모양인데.'

그래 봤자 늦었다.

"알아서 뭐 하게?"

"······."

천사가 창을 의지해서 일어섰다.

"너희에게는 절대로 성족의 정수를 줄 수 없다."

"알아."

이미 알고 있는 사실이다. 애초에 성족의 정수를 얻으러 이곳에 오지도 않았다. 한주혁이 원하는 건 성족의 정수다.

"그리고 성족의 정수도 절대로, 기필코, 얻지 못할 것이다."

끼긱! 끼기긱!

튕겨져 나갔던 라이폰들이 다시 달려들었다.

한주혁은 그 모양새를 유심히 지켜보았다.

'확실히 천적은 천적인 모양이야.'

단순 능력치만 놓고 보면 저 천사가 월등히 높을 거다. 다만, 라이폰들에게 유난히 취약할 뿐.

천사가 무엇인가를 하려 했다.

"가, 가르샤의 창이여!"

모양새를 보아하니 마지막 발악을 하려는 것 같다.

'뭔지는 몰라도……'

저게 펼쳐지면 좀 귀찮아질 것 같다. 그래서 한주혁도 직접 움직였다.

-스킬. 파천보법을 사용합니다.

한주혁의 몸이 바람처럼 움직이기 시작했다.

3충성은 이번에도 이 모든 과정을 영상에 담았다. 아니, 담으려고 했다.

'놓쳤다!'

그런데 절대악의 움직임이 너무나 부드럽고 빨라서 카메라에 제대로 담지 못했다. 미리 대기하고 있었는데도 제대로 해내지 못했다. 그만큼 절대악의 움직임은 오묘했다.

천사가 눈을 크게 떴다.

'어느새……!'

아무리 라이폰들을 쳐내고 있다고는 해도, 저런 움직임은 있을 수 없다. 순식간에 거리를 좁혀 오고 있는 플레이어. 도저히 인간이라고는 믿겨지지 않는 움직임.

"악마에게 영혼을 판 쓰레기 같은 인간아!"

악마, 마족과 결탁한 것이 틀림없었다.

"가르샤의 창으로 뭘 하게?"

한주혁이 씨익 웃었다.

-스킬. 백참격을 사용합니다.

이제는 일반적인 백참격이 아니었다. 심 백참격이라 해도 좋을 스킬. 모든 스킬에 궁극기라 할 수 있는 '심검의 묘리'가 묻었다.

눈에 보이지 않는 백참격이 천사를 향해 날아들었다.

천사도 그 백참격을 느꼈다.

'가르샤의 창이여! 나를 수호하소서!'

그러나 그 백참격은 눈속임이었다. 한주혁은 몸을 살짝 낮추고서, 라이폰들 사이로 자연스럽게 파고들었다.

백참격과 라이폰에 집중한 천사는 한주혁의 움직임을 아주 잠깐 놓쳤다. 3충성이 그랬던 것처럼 말이다.

'어디, 어디냐!'

라이폰들 사이로 파고들어, 거리를 완전히 좁힌 한주혁이 주먹을 뻗었다.

'어, 어느새!'

한주혁의 여유로운 얼굴이 눈앞에 보였을 때. 천사는 더 이상 말을 할 수 없었다.

텅!

소리가 들려온 것 같았다. 머릿속의 울림 같은 느낌.

머릿속이 새하얗게 변했다. 엄청난 충격이 턱 끝부터 시작하여 온몸에 새겨졌다. 찌릿찌릿. 전기가 통하는 것 같은 기분이 들었다.

루펜달이 조용히 말했다.

"3충성. 준비해. 저놈, 이제 끝이야."

3충성은 준비했다. 가르샤의 창. 저게 뭔지는 몰라도 무조건 빼내고 말 것이다. 아이템 콜렉터의 명예를 걸고서.

'그래서.'

그래서 반드시.

'칭찬받고 말 것이다!'

그의 무의식이 그것을 종용했다. 절대악으로부터 칭찬받는 아이템 콜렉터가 되고 싶다는 무의식이 강렬하게 타올랐다.

천사는 어지러웠다. 정신을 차릴 수 없었다. 인간의 주먹에 얻어맞았는데, 마치 거신의 병기로 얻어맞은 것 같았다.

'이럴 수가……'

시야가 어두워졌다. 날개에서 고통이 느껴졌다. 끼긱-! 끼기긱! 하는 소름 끼치는 소리들도 들려왔다.

"절대로…… 절대로 성족의 정수는 얻을 수 없을 것이다."

마지막 순간. 힘을 짜내어 정수를 봉인시켰다. 이유는 모르겠지만 확신이 들었다.

'저놈에게 성족의 정수가 들어가서는 안 돼.'

성족의 정수를 파괴시킬 수 있다면 좋았겠지만, 그 정도 힘은 남아 있지 않았다.

'끔찍한 혼종이 나타났다. 이 사실을 알려야 해.'

알려야 하는데 알릴 수 없었다.

'젠…… 장……'

한주혁에게 알림이 들려왔다.

-보스 몬스터. 라팔을 사냥하였습니다.
-보스 몬스터의 강력한 의지를 확인합니다.

-보스 몬스터의 강력한 의지에 따라 보상이 주어지지 않습니다.

한주혁이 잿더미를 가리켰다.

"꼬꼬."

꼬꼬가 날개를 활짝 폈다. 피닉스의 화신. 제왕 카리아가 뒤뚱뒤뚱 달려들어 잿더미를 콕콕 쪼기 시작했다.

천사를 사냥한 라이폰들은 꼬꼬의 위용에 짓눌려 이리저리 도망쳤다.

3충성은 3충성 나름대로 급박했다.

'가르샤의 창……!'

머릿속으로 이미지를 계속해서 떠올리며 아이템 루팅을 시도했다. 잿더미 속에서 꺼내야만 한다. 이것이 아이템 콜렉터. 자신의 숙명이다.

'가르샤의 창!'

-아이템 루팅에 실패하였습니다.

-아이템 루팅에 실패…….

'안 돼……!'

반드시 성공해야만 한다.

3충성이 다급하게 말했다.

"악신의 가호 좀 주세요."

한주혁의 버프를 받은 3충성은 다시금 아이템 루팅을 시도
했다.

-아이템 루팅에 실패하였습니다.
-아이템 루팅에 실패하였습니다.
…….
-아이템 루팅에 성공하였습니다.
-가르샤의 창을 획득하였습니다.

M/P가 완전히 바닥났을 때 3충성은 결국 아이템 루팅에 성
공했다.
3충성은 기력을 모두 소진하고서 자리에 드러누웠다.
바쁜 것은 3충성만이 아니었다.
키에에엑!
먹을 것! 먹을 것을 내놓아라!

-스킬. 매우 강력한 식탐을 사용합니다.

꼬꼬도 한주혁의 버프를 받았다. 절대악의 버프도 아니고
절대자의 버프다. 꼬꼬는 스스로 버프를 받았는지도 모른 채
열심히 잿더미를 쪼고 또 쪼았다.

한세아는 미안한 듯 웃었다.

"아니, 근데, 오빠. 보스 몹이 죽어도 보상 안 줄 거라고……
되게 장담하면서 죽었는데……."

분명히 그랬다. 마지막 남은 힘을 짜내어 무엇인가를 했다.
보상을 안 주기 위해 발버둥을 쳤었다.

"근데 이러면 무슨 소용이야?"

쓰러져 있는 3충성을 보아하니 가르샤의 창인지 뭔지 하는
아이템을 빼앗은 데 성공한 것 같다.

3충성은 지금 누운 상태로 '흐흐흐…… 가르샤…… 넌……
형님 거야……'라면서 다분히 루펜달 같은 말을 중얼거리고
있었고, 꼬꼬는 미친 듯이 잿더미를 쪼아내며 레드 스톤 하나
와 성족의 정수를 결국 뽑아냈다.

한세아는 머리를 긁적거렸다.

"가만 보면 꼬꼬가 진짜 사기캐인 것 같아."

히든 피스를 찾아주기도 하고. 숨겨진 길을 알아내기도 하
고. 이제는 성족의 정수까지 뽑아냈다. 보스 몬스터의 의지 따
위는 아랑곳하지 않았다.

-'성족의 분노'가 클리어되었습니다.
-'성족의 분노' 보스 몬스터의 의지에 따라 보상은 주어지지 않
습니다.

보상은 주어지지 않았지만 주어졌다. '가르샤의 창'과 '성족의 정수'를 결국 뽑아냈다.

한주혁도 만족했다.

'가르샤의 창. 성족의 정수. 거기다가 라이폰들까지 얻었어.'

가르샤의 창은 아직 확인해 보지 않았지만 분명 좋은 아이템일 것이 틀림없고. 성족의 정수는 혼돈수의 씨앗 근처에서 섭취하면 조화의 힘을 더욱 강력하게 얻을 수 있을 것이다.

'라이폰들은 잘만 활용하면……'

엄청난 전력이 될 수 있다. 시르티안에게 라이폰에 대해 알아놓으라고 했는데, 얼마나 알아놓았는지 모르겠다.

던전 밖으로 빠져나온 한주혁은 시르티안에게 귓말을 넣었다.

-시르티안. 지금 귓말 전송이 가능한가?

-예! 주군! 안 그래도 주군께서 언제 클리어하고 나오시나 기다리던 중이었습니다!

시르티안의 목소리에 묘한 흥분이 묻어 있었다.

시르티안은 애초에 '무탈히 클리어하셨습니까?'라는 질문을 던지지 않았다. 다만 이렇게 생각했다.

'어련히 잘 클리어하셨겠지.'

너무나 당연한 일을 굳이 다시 캐물을 필요는 없다. 그는 그렇게 생각했고, 한주혁도 자신의 부하가 자신의 안부를 묻지 않는 것에 이상함을 느끼지 않았다.

둘 다 자연스러웠다. 만약 일반적인 주종 관계의 NPC들이 이들의 대화를 들었다면 황당해했을 것이다.

-아메리아 대륙의 캡틴으로부터 도움 요청이 왔습니다.

-도움 요청?

한주혁이 씨익 웃었다.

-그렇지. 때가 됐지.

-무슨 말씀이십니까?

한주혁이 어깨를 으쓱했다.

그런 게 있다. 100퍼센트 확실하다고 말하기는 어렵지만, 태르민 쪽은 제국이 돕고 자신은 신이 돕는다. 지금 자신에게는 블랙 스톤이 필요하다. 그와 관련한 도움을 주지 않았겠는가.

'그러라고 특히 미국과 중국 쪽과 관련을 갖게 한 건가?'

카를로스의 대화재. 문 타이거. 그리고 봉화대에 의한 몬스터 웨이브까지. 자신의 시나리오와 관련된 굵직굵직한 사건들은 대부분 미국과 중국이 연관되어 있었다.

'뭐가 어찌 됐든.'

얘기를 들어보니 슬라임 형태의 몬스터가 나타났다고 한다.

-블랙 몬스터란 말이지?

-그렇습니다. 주군.

-바로 이동하겠다.

-휴식 시간이 필요하지 않으십니까?

-괜찮아.

그다지 힘들지 않았다. 심검과 심성격을 연달아 사용할 정도는 안 되지만 일반 필드에 나타난 블랙 몬스터를 잡는 것에는 무리가 없을 정도다.

그런데 문득.

-아.

먼저 처리해야 할 일이 떠올랐다.

'성족의 정수 먹으러 가야 하는데.'

선택지가 생겼다. 조화의 힘을 가진 혼돈수의 씨앗 앞에서 성족의 정수를 먼저 먹을 것이냐. 아니면 아메리아에 나타난 블랙 몬스터들을 처리하고 먹을 것이냐.

'블랙 몹들부터 잡을까?'

얘기를 들어보니 그렇게 난이도 높은 개체는 아닌 것 같다.

-캡틴도 사냥하는 데 성공했다고 했지?

-그렇습니다.

캡틴이 이끄는 어벤져스 연합이 사냥할 수 있을 정도면 굉장히 쉬운 몬스터들이다. 아마 아수라극천무 한 번이면 쓸려 나갈 거다. 그것은 확실했다.

'어떻게 할까?'

아수라극천무 한 번. 어쩌면 블랙 스톤을 다량으로 드랍할 수도 있다. 그렇게 되면 그 블랙 스톤을 중앙 제단에서 불태울 수 있다.

'블랙 스톤 먼저 먹고 갈까?'

한세아가 물었다.

"오빠. 무슨 생각해?"

"블랙 스톤 먼저 먹고 제단으로 갈까, 아니면 제단 갔다가 블랙 스톤 먹으러 갈까 고민 중이야."

"제단 먼저 가면 제단에 또 가야 되잖아?"

"그렇긴 하지."

다만 성족의 정수를 먼저 먹으면 더욱 완벽한 힘을 손에 넣을 수 있을 것 같다.

'음. 그러고 보니……'

아무래도 블랙 스톤 먼저 획득해야 할 것 같다.

'발아된 씨앗이 또 조화의 힘을 사용하면……'

그래서 또 힘을 많이 써버리면 블랙 스톤 200개가 필요한 것이 300개가 되고 400개가 될지도 모를 일 아니겠는가. 좀 더 완벽한 환경에서, 씨앗에게 좀 더 충분한 영양분이 공급된 상태에서 성족의 정수를 섭취하는 것이 나을 것 같다는 판단이섰다.

-캡틴한테 연락해. 아메리아로 가겠다.

한 가지를 더 주문했다.

-아공간을 활성화할 수 있는 아티팩트 같은 거. 특히 생물을 담을 수 있는 아티팩트를 구할 수 있나?

시르티안이 대답했다.

-검객 연합의 호크에게 물어보겠습니다.

아이템의 성지, 러시아 아닌가. 러시아에도 없으면 미국에

물어보면 된다. 어지간한 건 다 있다.

잠시 후.
-주군. 구했습니다. 워프 마스터 편으로 전달하겠습니다.

검객 연합. 호크는 만족할 수 있었다.
'절대악에게 빚을 지웠다.'
절대악이 먼저 요청한 적은 거의 처음이다. 여태까지는, 대부분 타인이 요청해서 절대악이 움직였었다.
"원래 대통령님께 보낼 선물 아니었습니까?"
대통령은 거대한 동물들을 키우는 취미를 가지고 있다. 그 동물에는 몬스터도 포함되어 있고, 최근 러시아는 그 몬스터마저도 담을 수 있는 아공간 아티팩트를 획득했다.
"다른 거 보내면 되지 뭐."
"그렇지만……."
러시아 대통령은 막강한 권력을 가졌다. 국민적인 지지도 매우 높다. 하지만 호크는 대통령보다 절대악이 더 중요했다.
"루덴. 생각해 봐. 나는 대통령님을 존경해."
존경하기는 하는데.
"대통령님이랑 절대악이랑 싸우면 누가 이길 거 같냐?"

"그야……."

마침 호크와 친하게 지내는 마법 연합의 샤먼으로부터 전화가 왔다. 호크가 전화상으로 물었다.

-샤먼. 절대악이랑 러시아 대통령이랑 싸우면 누가 이길 것 같아요?

샤먼은 그 갑작스러운 질문에 당황하지 않고 이렇게 대답했다.

-당연히 절대악 아닌가요?

-역시 그렇죠?

-선물은 하나인데. 누군가 한 명한테 줘야 하면. 누구한테 주겠습니까?

-당연히 절대악이죠.

호크가 어깨를 으쓱했다. 역시 일인자끼리는 통하는 법이다.

한편, 또 다른 일인자인 캡틴은 한시름 덜었다.

'절대악이 와준다.'

다행이다. 예전 중국처럼 밉보이지 않아서.

파라과이 필드는 미국에게도 매우 중요한 필드다. 대부분의 미국인들이 최소 한 번 정도는 거쳐 가는 중급 코스.

'이곳이 막히면…… 미국은 최소 10년은 발전이 늦어질 거야.'

미래를 이끌어 나가는 인재들의 고속 성장 방법 하나가 막혀 버리는 거니까.

"절대악이 곧 도착한다고 합니다."

마지막 워프 포탈을 탔단다. 캡틴이 한주혁을 맞을 준비를 했다. 기자들도 긴장을 하면서 대기하고 있는 상황.

기자들이 캡틴에게 질문을 쏟아냈다.

"이번 사태를…… 잘 막을 수 있을 것 같습니까?"

캡틴은 침착하게 대답했다.

"절대악은 여태까지의 모든 재앙을 스스로의 힘으로 막아 냈습니다."

캡틴은 믿었다. 비록 전부 소탕하는 것에는 실패했지만, 자신들도 사냥하는 데 성공했던 몬스터인 필라덴피아다. 절대악이 온다면? 답은 정해져 있었다.

"그래도 필라덴피아는 강력한 마법 내성과 자가 분열하는 특성을 가지고 있는 대규모 몬스터 군단 아닙니까?"

"대규모 몬스터 군단이라……."

대규모 몬스터 군단인 것은 맞다.

"절대악 앞에서."

10만에 달하는 플레이어들도 절대악의 손짓 한 번에 녹아내렸다.

"숫자는 의미가 없습니다."

그때 절대악이 도착했다.

플래시 세례가 터졌다. 천세송은 부끄러운 듯 로브 모자를 뒤집어쓰고서 한주혁과 팔짱을 꼈다.

한주혁은 그러한 플래시 세례가 그렇게 부담스럽지 않다는 듯 그냥 걸었다. 그리고 무심하게 말했다.

"혹시라도 제 얼굴이 지나치게 잘 알려져서 불편해지지 않으면 좋겠네요."

올림푸스의 얼굴과 현실 세계의 얼굴이 조금 다르게 설정되어 있기는 하지만, 그래도 한주혁에게는 한주혁의 사생활이 있다. 그 말에 수백 명의 기자의 카메라가 아래로 조금 움직였다.

신입 기자 중 한 명인 토마스가 방송국에 전화를 걸어 지시를 물어봤다.

-절대악이 자기 얼굴은 제대로 찍지 말라던데, 어떻게 할까요?

그러고 보니 절대악의 얼굴이 제대로 알려지지 않았다. 이 세계에서 가장 유명한 플레이어고 세상에서 가장 유명한 대부호인데. 얼굴 자체는 크게 알려지지 않은 것 같다. 몇몇 인터뷰들이 있기는 했지만, 그마저도 작은 사진 정도가 다였다.

-얼굴 좀 찍어서 뿌려볼까요? 생각해 보니 절대악의 얼굴이 제대로 알려져 있지 않습니다. 제대로만 되면 메이저 언론으로 거듭날 수 있지 않을까요?

신입 기자 토마스는 꿈에 부풀었다.

'제대로 찍기만 해서 알리면…… 특종 아닌가?'

그런데 불호령이 떨어졌다.

-미친놈아. 미친 소리 좀 하지 마! 돌았어?

-예……?

-절대악이 얼굴 찍지 말라 했으면 안 찍으면 되지. 무슨 헛소리야?

-하지만…… 국민들의 알 권리가…….

토마스의 전화를 받은 토마스의 상사는 얼굴을 잔뜩 찌푸렸다. 신입이라 열정이 넘치는 건 알겠는데 하나는 알고 둘은 모르는 것 같다.

-애초에 절대악이 허락하지 않으면……. 취재가 가능했을 거라고 보나?

-…….

-절대악이 하지 말라고 했는데 했다가는, 대통령도 무사하지 못해. 절대 심기 거스르지 마. 절대로! 절대!

한주혁은 캡틴의 안내를 받으며 파라가일을 향해 이동했다. 중간에 카를로스 평야를 지나쳤는데, 현재 한주혁의 큰 수입원 중 하나인 카를로스 평야에는 끝없는 황금 물결이 펼쳐져 있었다.

'감회가 새롭네.'

이 끝에서 저 끝까지. 말 그대로 저쪽 지평선 끝부터 반대편 지평선 끝까지. 끝이 보이지도 않을 정도로 넓은 황금 물결. 사실상 자신은 이곳의 주인이라고 해도 과언이 아니지 않은가.

'1년 전에 나는 백수였는데.'

불과 1년 만에 이 모든 것을 이루었다. 일반적으로는 말도 안 되는 일이다.

'그래. 신이 돕는 게 맞네.'

그렇게 생각하면 마음이 편했다. 제우스가 왜 자신을 선택했는지. 그 이유는 잘 모르겠지만.

'그렇지 않고서야 설명이 안 되잖아.'

자신은 제우스의 선택을 받았고, 시험 과정을 훌륭하게 통과했다. 지금은 전폭적인 지원을 받는 중이다. 저만치 아래. 곡식의 황금빛 물결은 한주혁을 매우 흡족하게 했다.

꼬꼬를 타고 날아가면서 한주혁이 말했다.

"대충 들었어요. 필라덴피아. 자가 분열한다고 했죠?"

"예. 필라덴피아와 마이티 마우스가 계속해서 싸우고 있습니다."

한주혁이 속으로 웃었다.

'그렇단 말이지.'

슬라임 형태의 몬스터. 치즈와 비슷한 악취가 난다고 했다.

'이거 왠지 느낌이.'

너무 좋다.

'라이폰들이 좋아할 것 같은 느낌인데?'

필드 자체가 한주혁에게 힌트를 주고 있었다. 생쥐 형태의 몬스터가 필라덴피아를 잡아먹는단다.

'내 라이폰들도 좋아하겠지.'

좋아하든 안 좋아하든. 어쨌든 먹고 생존할 수 있으면 되는 것 아니겠는가.

'게다가.'

더더욱 좋은 것은.

'파라가일이 생쥐 형태의 몬스터들이 서식하기 딱 좋은 환경이라는 거고.'

모든 것이 딱딱 맞아떨어지고 있다.

이윽고 파라가일에 도착했다. 한주혁이 땅에 내려섰다.

광역 탐지에 잡히는 개체 수가 수천 마리에 달했다.

'또 두 배로 늘어났네.'

그 수천 마리가 분열을 한 번 하니 이번에는 만 단위가 되었다.

한주혁의 기분이 좋아졌다.

"블랙 몬스터가 만 마리라."

이 중 10퍼센트만 드랍해도 블랙 스톤 1,000개 아닌가. 2퍼센트가 드랍하면 200개다.

"먼저 말씀드렸다시피 놈들은 자르는 공격을 무시하는 속성을 지녔습니다. 저희가 파악하기로는 둔기로 충격을 주어 파괴하는 수밖에는……."

한주혁이 캡틴의 말을 끊었다.

"안 잘라요."

대신 이주랑으로부터 건네받은, 원래는 러시아 대통령의 선물로 준비되었던 '가든 다이아몬드'를 꺼내 들었다. 생물체도 보관할 수 있는 아공간. 아공간 속에서 라이폰들이 튀어나왔다.

한주혁이 씨익 웃었다.

"어때? 맛있는 냄새 나냐?"

캡틴은 황당한 광경을 볼 수밖에 없었다.

'아니……'

절대악이 강한 건 이미 알고 있다. 절대악의 스킬 한 번에, 수만 마리의 몬스터들이 쓸려 나가는 것쯤은 이상하지 않다. 왜냐하면 절대악이니까.

그런데 이건 차원이 다르다.

'무슨……'

절대악도 아니고, 절대악이 어디서 대충 꺼내 든 몬스터들이 슬라임들을 먹어치우고 있다.

'이렇게 쉽게……?'

쉬워도 너무 쉽지 않은가. 마구 달려들어 갉아대면 필라덴피아는 저항도 하지 못하고 죽었다. 라이폰들이 모습을 드러냄과 동시에 동종 몬스터라 할 수 있는 마이티 마우스들은 필드에서 자취를 감췄다.

끼긱! 끼기긱!

라이폰들이 슬라임 무리들을 청소했다.

잿더미가 된 슬라임을 꼬꼬가 쪼아댔다.

키에에에엑!

먹을 것! 먹을 것을 내놓아라!

캡틴은 할 말을 잃었다.

'무슨 펫들이……'

절대악도 아니고. 절대악에게 절대복종하는 펫들이 어떻게 저렇단 말인가. 이 정도면 자신들이 엄살을 부린 것처럼 보일 정도다.

'미쳤군.'

미쳤다고 밖에는 표현할 길이 없었다. 심지어는 절대악이 데리고 다니는 펫들이 미국 일인자급에 해당하는 캡틴보다 훨씬 강했다. 캡틴은 그것을 인정할 수밖에 없었다.

'저 정도면…… 신이 돕는 남자 아닌가?'

진지하게 그렇게 생각했다.

촬영하던 기자들도 입을 쩍 벌렸다. 기자들 스스로가 보고 있음에도, 기자들 스스로가 촬영하고 있음에도. 도저히 믿을 수 없는 일이 눈앞에서 벌어지고 있었다.

어찌어찌 뒤늦게 합류한 신입 기자(토마스가 따라오기에는 꼬꼬가 너무 빨랐다) 토마스는 촬영을 시작하자마자 할 말을 잃고 말았다.

'헐? 저건……?'

그의 손바닥에서 축축한 땀에 새어 나왔다.

토마스는 믿을 수 없었다. 그래서 저도 모르게 중얼거렸다.

"브, 블랙 스톤이 뽑혀 나온다!"

기자들은 황당해했다. 필라덴피아가 죽을 때 블랙 스톤을 드랍하지는 않았다. 그런데 꼬꼬가 쪼자 블랙 스톤을 드랍했다.

토마스는 또 볼 수 있었다.

'빠르다!'

굉장히 빠르게 움직이는 한 남자가 보였다.

'저 사람이 아이템 콜렉터 3충성!'

루펜달의 뒤를 이어받아 아이템 콜렉터로 전직했다는, 한국 내에서는 꽤 유명하다는 인터넷 논객 3충성.

"브, 블랙 스톤이 무려 3개가 드랍되었습니다."

정확히 말하자면 드랍이 아니다.

"아니, 추출되었습니다!"

어떻게 이럴 수가 있단 말인가. 200년간 세기의 보물로 여겨 지던 블랙 스톤이 눈앞에서 마구 뽑혀 나오고 있었다. 마치 당 근을 뽑아내는 것처럼 말이다.

캡틴은 조금 허탈해졌다.

'우리가 잡으면 안 나오던데……'

약간의 피해를 감수해 가면서 레이드를 진행했었다.

블랙 스톤 1개라도 주어진다면 얼마나 큰 이득일까. 그것은 곧 미국의 명운을 바꿔놓을 수도 있을 것이라고 생각하면서, 세계 대부호가 될 수 있다고 생각하면서, 자신의 플레이 역사 상 길이길이 남을 영예로 생각하면서.

'진짜 안 나오던데……'

키에에엑!

먹을 것! 먹을 것을 내놔라!

꼬꼬가 쪼아대자 또다시 블랙 스톤이 드랍됐다.

끼각-! 끼기긱!

라이폰들이 이리 뛰고 저리 뛰며 필라덴피아를 사냥했다.

'우리는 못 잡겠던데……'

둔기로 내려치는 방식밖에 사용하지 못했었는데. 그마저도 힘들었는데.

'쉽네……?'

절대악한테는 매우 쉬워 보였다. 절대악이 직접 움직이는 것도 아니고, 펫들이 필라덴피아를 저렇게 쉽게 처리할 수 있다니. 그리고 그 시체에서 블랙 스톤을 뽑아낼 수 있다니.

그 영상을 실시간으로 지켜보고 있는 검객 연합의 호크가 말했다.

"봤지?"

"……예."

"이래도 우리 대통령이랑 절대악이랑 싸우면 대통령이 이길 것 같냐?"

"……아뇨."

블랙 스톤 한 3개 쥐여준다고 한다면, 러시아와 척을 질 나라가 많다.

"벌써 한 30개 추출된 거 같은데."

"정확하게 말하자면 32개입니다."

호크는 흡족한 얼굴로 턱을 매만졌다.

'저런 절대악에게 빚을 지워놨어.'

아주 좋다. 절대악이 기분 좋다고 블랙 스톤 하나 내어줄지 누가 알겠는가. 자신의 선택은 옳았다.

"루덴. 잘 봐둬. 줄은 이렇게 서는 거야. 대통령 줄보다는 절대악 줄을 잡아야 돼. 알겠지?"

한주혁은 시르티안에게 귓말을 보냈다.

-센티니아와 루니아 대륙에서…… 파라가일과 가장 비슷한 느낌의 필드들이 존재하는지 알아봐.

현재 한주혁의 위치는 아메리아 대륙. 그리고 시르티안의 위치는 센티니아의 푸르다. 한주혁은 '권능의 귓말'을 통해 곧바로 귓말 전송이 가능하지만 시르티안은 한주혁에게 귓말 전송이 불가능하다.

그래서 외부에서 연락을 할 때에는 현실 세계 라인을 이용한다. 시르티안이 강재명이 현실에 만들어놓은 연락망에 연락을 주면, 그쪽에서 미리 아메리아 쪽으로 파견해 놓은 플레이어에게 말을 전달하는 형식이다.

어쨌든 시르티안으로부터 답은 금방 왔다.

-남쪽 끝. 젤르두아에 존재합니다.

일조량. 온도. 습도. 지질 등. 대부분의 환경이 파라가일과 비슷한 형태의 필드가 젤르두아에 존재한다고 했다.

-젤르두아에?

-예. 플레이어들에게는 공개되지 않은 필드입니다만, 푸락셀의 권한으로 공개 가능합니다.

한주혁은 현재 젤르두아의 패자라 할 수 있다. 원래 그곳을 다스리고 있었던 푸락셀이 자신을 왕처럼 모시고 있지 않은가.

'제우스가 여기까지 내다본 건가?'

용병왕이라 불리던 푸락셀을 죽이지 않고 살려둔 것은 잘한 선택인 것 같다. 에르페스도 다스리기 귀찮을 정도의 남쪽 끝 지방. 딱히 빼먹을 것이 없는, 사막과 초원으로 이루어져 있는 변방. 매우 훌륭한 정력제인 '갈렉'을 통해 비교적 괜찮은 수입을 얻고 있는 곳이기도 했다.

한주혁이 물었다.

"주랑 씨. 우리 분명히 젤르두아 쪽으로 통하는 워프 지도를 완성시켜 놨었죠?"

용병왕 푸락셀과 그 동생 두르치와 싸울 그때 이미 이주랑은 워프 지도를 완성시켰고, 원하는 때에 원하는 곳으로 이동할 수 있는 준비가 끝난 상태다.

"맞습니다. 언제든지 이동 가능합니다."

한주혁이 다시 귓말로 물었다.

-그곳은 푸락셀만이 오픈시킬 수 있는 건가?

-현재로서는 그렇습니다.

오래전. 푸락셀과의 관계를 이렇게 정립하지 않았다면 그

미지의 필드를 오픈시킬 수 없었을 거다.

-푸락셀에게 전해. 3일 이내로 찾아가겠다고. 그 필드를 오픈시켜 놓으라고 해. 아니, 내가 직접 얘기해 놓는 게 좋겠네.

푸락셀에게도 귓말을 보냈다. 권능의 귓말이라는 거. 참 편리한 것 같다.

-푸락셀. 3일 이내로 찾아가겠다. 시르티안에게 들어서 알겠지만 필드를 오픈시켜.

⸺⸺

푸락셀은 긴장했다.

"형님이 알아차리셨나?"

젤르두아에는 이렇다 할 자원이 없다. 생산성에 있어서 그다지 좋은 지방이라고는 할 수 없다. 다만 정력제로 통하는 '갈렉'이 특산품으로서 꽤 큰 사랑을 받고 있는데, 푸락셀은 이 갈렉을 소량 빼돌리던 중이었다.

"큰일이다."

한주혁은 아무 생각도 없는데 푸락셀 혼자 진땀을 뻘뻘 흘렸다.

"빼먹은 것이…… 골드로 치면 300만 골드 정도인데……."

그걸로 술도 좀 사서 마시고 고기도 좀 사 먹었다. 자신을 형이라고 따르는 부하들한테 허세도 좀 부렸다.

지금은 후회됐다. 괜히 그랬다.

"아이 씨."

월급보다 적은 거 괜히 용돈 한다고 빼돌렸다가 욕보게 생겼다.

"시르티안 이 미친 늙은이가 이 적은 것까지 다 알아차렸나?"

차라리 이렇게 된 거 싹싹 빌어야겠다.

푸락셀은 절대악이 어떤 사람인지 안다고 생각했다. 괜히 잡아뗐다가 숙청당하느니, 그냥 이실직고하고 잘못을 빌어야겠다.

'강자에게 강하지만 또 약자에게는 한없이 약한 플레이어니까.'

절대악은 사회적 약자들을 위해 움직인다. 푸락셀이 파악하기로는 그랬다. 자신도 절대악에 비하면 엄청난 약자 아닌가.

"갈렉 빼돌린 양만큼 좀 모아와."

그렇게 많이 빼돌리지는 않았다. 다행히 그냥 용돈 정도다. 잘못했다고 빌기로 했다.

'이만큼 빼돌렸다고 솔직히 말씀드리고…… 용서를 구해야겠어.'

갈렉을 모으기 시작했다.

캡틴에게 질문이 쏟아졌다.

"어벤져스 연합은 어째서 저 몬스터들을 잡지 않았습니까?"

캡틴은 기자의 머리를 부숴놓고 싶다는 생각을, 처음으로 했다. 그리고 이렇게 말하고 싶었다. 너희들이 잡아봐. 절대악이 쉽게 잡으니까 너네도 쉽게 잡을 수 있을 것 같냐?

"어벤져스 연합에서도 필라덴피아 수십 마리를 잡았다고 들었습니다. 그런데 블랙 스톤을 단 한 개도 획득하지 못했습니까?"

"예. 그렇습니다. 우리가 파악하기로는 드랍율이 거의 0퍼센트에 육박하는 개체들이었습니다."

"저렇게 드랍되는데요?"

캡틴은 욕이 튀어나올 뻔했다.

이 인간들. 절대악을 몰라도 너무 모른다. 절대악이 할 수 있다고 해서, 다른 플레이어들이 다 할 수 있을 거라고 생각하는 것 같다.

'눈깔이 다들 어디에 달린 거야? 저 인간은 절대악이라고.'

상식의 궤에서 아주 많이 벗어난 인간. 저 인간만 할 수 있는 거다. 저렇게 잿더미에서 블랙 스톤을 발굴해 내는 것이, 절대악의 펫 외에 또 누가 가능하단 말인가.

"저건 드랍이 아니라 추출이라고 봐야 할 것 같습니다. 꼬꼬의 특수 능력이겠죠."

캡틴은 도망치고 싶었다. 그 말을 한마디로 대변했다.

"저 플레이어는 절대악입니다."

내가 아무리 잘났어도. 그 유명한 미국의 플레이어 캡틴이라고는 해도. 절대악과 왜 비교질을 한단 말이냐. 조금 억울해졌다. 절대악과 비교 대상이 되는 것만큼 억울하고 해로운 일이 어디 있단 말인가.

"절대악이 해서 쉬워 보일 뿐입니다. 저 개체는 레벨 90이 넘는 플레이어들조차도 목숨을 걸고 잡아야 하는 개체입니다."

그런 것치고는 너무 쉽게 사냥하고 있다는 게 문제였지만.

"또한 우리 미국은 절대악이 사냥한 개체의 보상에 대해서 일절 권리를 주장하지 않을 것입니다."

할 수가 없다.

이미 여러 차례 선례들을 봐왔다. 절대악은 자신의 보상과 권리를 침해하는 행동을 용서하지 않는다. 세계에는 선한 영웅으로만 알려져 있지만, 세계 고위 인사들은 절대악을 그렇게만 보지 않는다.

'괜히 잘못 건드렸다가는……'

몸을 부르르 떨었다. 잘못 건드리면 제 몸 간수하기 힘들다. 캡틴은 그렇게 파악했다.

기자들에게는 이렇게 얘기했다.

"절대악을 한 번 움직이는데 드는 비용은 가히 천문학적입니다."

중국의 경우가 그랬다. 다른 건 다 빼고도 현금으로 300억을 줘야 했다.

"하지만 이번의 경우. 절대악은 자신의 시간을 내어 이곳으로 찾아왔습니다."

블랙 스톤을 먹기 위해서겠지만. 어쨌든 포장은 다르게 해야 했다. 미국도 체면을 살려야 하니까.

"모두들 아시다시피. 절대악은 사회적 약자들의 편입니다. 예전부터 그래왔습니다. 이번 경우도 마찬가지입니다. 절대악이 이토록 빠르게, 아무런 보상도 요구하지 않고 움직여 준 것은 이곳 파라가일이, 중급 플레이어들을 육성하는 천혜의 사냥터이기 때문입니다."

기자들의 손놀림이 바빠졌다. 듣고 보니 맞는 말 같았다. 기자 중 몇몇은 감탄했다.

'과연 절대악……!'

한국에서는 거의 구국의 영웅 취급을 받고 있다고 했다. 신귀족 프로젝트라는 괴상한 프로젝트를 망가뜨리고, 사회적 약자들이 바로 설 수 있도록 도와줬다나 뭐라나.

"미국의 중급 플레이어들이 잘 성장할 수 있도록. 절대악이 움직였다는 말씀이십니까?"

"분명히 그렇습니다."

절대악은 멀리서 그 말을 들었다. 어이가 없어 속으로 웃고 말았지만.

'내가?'

블랙 스톤 200개에 눈이 멀어 바로 달려왔을 뿐이다. 미국의 중급 플레이어 육성을 위해, 아가페적 사랑으로 이곳에 달려온 게 아니다.

'아…… 내가 그랬어?'

좋은 게 좋은 거 아닌가. 딱히 아니라고 말하지는 않았다. 발표는 저렇게 날 거다.

'그냥 모든 것이 개이득이다…… 라고 생각하면 편하지 뭐.'

그냥 그렇게 생각하기로 했다.

한주혁이 꼬꼬에게 말했다.

"이제 그만."

한주혁의 명령을 받은 꼬꼬가 키에에엑! 하고 크게 외치자 라이폰들이 움직임을 멈췄다.

'남은 개체는 이제 20여 마리 정도.'

파라가일을 뒤덮었던 필라덴피아를 대부분 사냥했다. 1만이 넘는 필라덴피아를 잡고 나니 약 200개의 블랙 스톤이 추출됐다.

'하필이면 200개네.'

한주혁의 예상이 맞았다. 하필이면 이 시기에 딱 나타난 필라덴피아는 제우스가 떠먹여 주는 밥이나 다름없었다.

"꼬꼬. 너는 여기 남아서 라이폰들을 감시해."

그리고 살아 있는 상태의 필라덴피아를 아공간 속에 집어넣었다. 라이폰과 같이 넣으면 라이폰이 전부 잡아먹을 것 같았으니까.

'느낌이 좋다.'

젤르두아에 이놈들을 사육할 수 있는 땅이 있을 것 같다. 자가 분열하는 필라덴피아를 먹이로 하여, 라이폰들을 키울 수 있다면 좋지 않겠는가.

'대량으로 키울 수만 있다면……. 전쟁에서 매우 유리한 자원이 될 거야.'

한주혁은 꼬꼬의 날개를 토닥였다.

"수고했다. 얘네 잘 지키고 있어."

수고한 꼬꼬에게도 블랙 스톤을 하나 줬다. 줄 때는 화끈하게 주는 게 좋다. '최후의 성족의 발자취'에서 30개의 블랙 스톤을 획득했고 이번에 또 꼬꼬가 무려 202개의 블랙 스톤을 획득했으니 하나 정도는 줘도 되지 않겠는가.

세계인들은 경악했다.

"브, 블랙 스톤을 꼬꼬의 먹이로 줬습니다."

"꼬꼬가 블랙 스톤을 섭취하고 있습니다."

세계의 보물. 세계가 눈에 불을 켜고 얻고 싶어 하는 보물이 펫의 먹이로 전락했다.

블랙 스톤이 꼬꼬의 배 속으로 사라지는 기상천외한 광경을, 세계인들이 지켜봤다. 전 세계가 충격에 빠졌다.

세계의 패닉을 아는지 모르는지, 한주혁은 가벼운 마음으로 어깨를 으쓱했다.

'블랙 스톤도 얻었겠다.'

성족의 정수도 있겠다. 이제는 중앙 제단 앞에서(혼돈수의 씨앗 앞에서) 성족의 정수를 제대로 섭취하는 일만 남은 것 같다.

또다시 미국의 영웅으로 거듭난 한주혁은 걸음을 옮겼다.

힐스테이로 가기 위해 워프 포탈을 탔는데, 그러던 도중. 예상치 못했던 문제와 마주했다.

'아…… 이런. 실수다.'

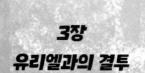

3장
유리엘과의 결투

목소리가 들려왔다.

"이야. 다시 만났네."

한주혁은 자신의 실수를 인정할 수밖에 없었다.

'유리엘의 존재를 잊고 있었다.'

혼돈의 힘. 조화의 힘. 그리고 블랙 스톤 200개에 정신이 팔려서 유리엘까지 신경 쓰지 못했다. 명백한 실수였다.

'지금 내가 유리엘과 싸우면……'

백 번 싸우면 백 번 질 거다. 예전, 켈트의 진정한 유산에서 얻었던 그 힘을 사용할 수만 있다면 이길 수 있겠지만, 지금은 아니다. 지금은 신체 스탯이 '?'인 상황.

'지금은 못 이겨.'

그런데 유리엘은 작정하고 온 것 같다.

"저번에는 참 오래 기다리게 했어."

유리엘은 자신의 창을 가볍게 돌리면서 여유롭게 웃었다. 자신의 승리를 확신하고 있는 것 같았다.

한주혁은 장로들에게 귓말을 보냈다.

-현재 드라고니아 산맥 근처. 아메리아에서 프루나로 넘어가는 두 번째 워프 포탈 앞이다. 유리엘과 조우했다. 나를 도울 수 있는 장로들은 움직이도록.

가장 가까이 있는 장로, 5번 장로 베르디.

-베르디! 베르디가 당장 뛰쳐 갈 것이어요! 5분 정도면 도착할 수 있을 것이어요, 오라버니!

장로들이 한꺼번에 움직이면 제국에서도 수상한 낌새를 눈치챌 수도 있겠지만, 지금은 그게 중요한 게 아니었다.

'저 정도 상급 NPC는 델리트 권능을 갖고 있겠지.'

완벽한 힘을 갖추기까지 거의 다 온 것 같다. 성족의 정수를 제대로 섭취하고, 혼돈수의 씨앗을 제대로 키워내고, 그 이후 대천사 라리엘의 정수까지 섭취해서 완전한 조화의 힘을 일궈내면 그때의 힘을 제대로 사용할 수 있을 거다.

'그 힘만 제대로 다룰 수 있으면……'

당연히 이쪽이 이긴다. 이쪽에게 필요한 것은 시간이다. 한주혁이 한 걸음 앞으로 움직였다.

"나를 오래 기다렸다 들었다."

한세아는 긴장을 유지한 채 앞을 쳐다봤다.

'오빠가 어떻게 하려고……'

한세아는 알고 있다. 오빠는 지금 긴장하고 있다. 평소의 오빠와는 조금 달랐다. 동생이라서 알 수 있는 미묘한 긴장감. 오빠는 지금 여유롭지 못한 상태다.

'오빠한테 시간이 조금만 더 있으면 제대로 된 힘을 끌어다 쓸 수 있을 텐데.'

그녀도 봤었다. 그 말도 안 되는 능력을. 거의 신이라고 해도 과언이 아닐 정도의 파괴력을 봤었다.

한주혁에게 귓말을 보냈다.

-오빠. 일단 우리가 어떻게든 시간을 끌어볼까?

-아니.

한주혁은 귓말을 하고 있다는 것을 티 내지 않겠다는 듯, 겉으로 보기에는 여유로운 상태로 입을 열었다.

"유리엘. 나를 죽이러 왔나?"

"그래. 죽일 거야. 영원히."

역시, 델리트시키러 온 것 같다.

한주혁이 어깨를 으쓱했다.

"누구의 명령이지? 대륙의 기사. 유리엘에게 명령을 내릴 수 있을 정도의 NPC는 흔치 않을 텐데."

"글쎄. 그냥 높으신 분들이 그러라고 하대."

한주혁은 유리엘이 이 상황을 즐기고 있다는 사실을 알아차렸다. 만약 이쪽을 기습해서 죽이려고 했다면 진작 그랬을 것이다.

"유리엘. 네가 비록 자유분방해 보이고 거칠어 보이나, 그래도 기사의 예를 중시한다고 들었다. 내가 기사는 아니지만 네게 기사의 도를 빌어 부탁을 한 가지 하고자 한다."

유리엘은 창끝으로 자신의 등을 벅벅- 긁었다.

"흠. 무슨 수작을 부리려고?"

유리엘은 굉장히 여유로웠다. 한주혁을 독 안에 든 쥐라고 생각하는 것 같았다.

"이것은 약속의 증표로 선물하려 한다."

등을 벅벅 긁던 유리엘의 창이 멈췄다. 유리엘의 몸이 살짝 굳었다가 풀어졌다.

"블랙 스톤? 진심이냐?"

"그래."

속이 쓰리기는 하지만 지금 힘으로는 유리엘과 일대일로 싸워 이길 자신이 없다. 까딱 잘못했다가 델리트당하느니, 일단 블랙 스톤을 쥐여주고 빠져나가는 것이 현명하다.

"플레이어가 블랙 스톤을 획득하는 능력을 가지고 있다더니. 진짜구나."

유리엘은 블랙 스톤을 받아 들었다. 그 과정에서 한주혁이 기습할 수 있다는 것을 생각하지도 않는 것처럼 보였다. 혹은, 그 기습 따위는 아무런 문제가 되지 않는다고 여기는 것일지도.

천세송은 잠자코 상황을 지켜봤다.

'오빠가 어떻게 하려고…….'

블랙 스톤이라는 카드까지 꺼내 들었다. 분명 무슨 수를 그리고는 있을 텐데, 그게 무슨 수인지는 모르겠다.

"블랙 스톤을 준다고 해서 너를 살려두지는 않아. 나는 플레이어 중 가장 강하다는 네놈을 한번 죽여보고 싶어졌거든."

한주혁이 고개를 끄덕였다.

"네게 기사의 예를 빌어 부탁한다고 했다. 블랙 스톤 따위로 목숨을 구걸하는 행위는 하지 않는다. 내게도 긍지와 자존심이 있다."

긍지와 자존심 같은 거 별로 없지만 어쨌든 유리엘은 그 말에 납득했다. 그러고는 계속 말해보라는 듯 턱을 위로 한 번 들고서 까딱거렸다.

"나는 절대악이라는 클래스를 플레이하고 있으며, 메인 시나리오상 대군주라는 직함을 가지고 있다."

"계속해 봐."

"대군주이기 때문에 수많은 사람들의 생명과 생활을 책임지고 있다. 올림푸스가 아닌 현실 세계에서도 나는 수많은 사람들을 지켜야 할 의무와 책임이 있다."

사실 그런 건 없지만, 그냥 그렇게 말했다. 뭐가 어찌 됐든 유리엘이 납득하면 되니까.

"그래서 살려달라는 건 아닌 것 같고. 결론을 빨리 말하도록."

"그들에게 필수적인 일이 있다. 누구도 아닌, 대군주인 내가 지금 당장 처리해야만 하는 일이다. 한시가 급하다. 그래서 정중히 부탁한다. 7일 뒤, 이 자리에서 다시 만날 것을 약속한다. 이 자리에서 네가 원하는 대로 정당한 결투를 치르겠다."

유리엘은 의외라는 듯 한주혁을 쳐다봤다.

"나랑 정당한 결투를 치르겠다고? 7일 뒤에?"

유리엘은 눈을 가늘게 뜨고서 한주혁의 얼굴을 이리저리 뜯어보다가 이해할 수 없다는 듯 말했다.

"진심이냐? 내게 결투를 신청한다고?"

"결투의 결과는 중요하지 않아. 다만, 내게는 지금 반드시 해야만 하는 일이 있다."

유리엘은 잠시 눈을 감았다.

'음.'

유리엘이 절대악의 위치를 정확하게 파악할 수 있었던 것은, 절대악이 하도 시끌벅적하게 움직였기 때문이다.

'아메리아 대륙에서도…… 괴이한 일을 했다지.'

아메리아 대륙. 그러니까 현실 세계 기준으로, 한국과는 다른 나라인 미국인들을 위해, 그것도 중급 플레이어들을 위해. 다시 말해 사회적 강자가 아닌 자들을 위해 시간을 쪼개 그곳으로 날아갔다고 했다.

'하기야……'

절대악 영지의 영지민들과 플레이어들은 절대악을 주군으로 모시는 것에 거리낌이 없다.

'사회적 약자들을 위해 열심히 행동한다고 했었지.'

그게 진짜라고 믿지 않았었는데 지금 절대악의 모습을 보니 진짜인 것 같기도 하다.

'에르페스의 NPC로 태어났다면 훌륭한 관리가 될 수 있었을 텐데.'

그건 좀 아쉽게 됐다. 어쩌다 보니 플레이어가 됐고, 어쩌다 보니 높으신 분들의 눈 밖에 났다. 어쩌겠는가. 그게 세상이다.

유리엘이 피식 웃었다.

"소문이 사실이었네."

"……."

"네가 사회적 약자들을 위해 발 벗고 나서고 있다는 소문. 플레이어들 사이에서는 파다한 소문이더군."

유리엘은 납득했다.

그래, 그렇게 중요한 것이 있다면, 블랙 스톤 하나를 받고 일단 보내주는 것도 나쁘지 않다. 완전히 놓아주는 것도 아니고 겨우 7일의 시간을 더 주는 것뿐이다.

유리엘이 등을 돌렸다.

"7일 후. 이 자리에서 다시 기다리겠다. 약속을 지킬 것이라 믿는다."

한세아가 귓말로 물었다.

-오빠. 진짜로 약속한 거야?

-몰라.

한주혁도 모른다. 무인의 예. 기사의 예. 그런 거 모른다.

7일 뒤에, 예전 경험했던 힘을 얻을 수 있으면 흔쾌히 결투에 임하겠지만, 그렇지 않다면 약속을 지키지 않을 거다.

-약속은 원래 깨라고 있는 거 아니겠냐?

-뒷감당은 어떻게 하려고?

-데미안 데리고 다녀야지.

-아.

그렇다. 인간의 종족 값을 아득히 초월한 마족인 데미안을 데리고 다니면 안전하지 않겠는가.

-어차피 에르페스의 눈 밖에 난 건 사실이야. 유리엘 급 기사를 움직이려면 상당히 고위 NPC들이어야만 하니까.

그러니까 눈에 좀 띄는 데미안과 함께 다녀도 된다는 소리다. 어차피 눈에 띄었는데 뭐. 스카이데블의 후계자라는 사실만 잘 숨기면, 너무 대놓고 치지는 못할 거다.

-오빠. 나 또 뭐 좀 물어봐도 돼?

-귀찮아.

한세아와의 대화는 이쯤에서 끝냈다. 친동생과는 이 정도 대화했으면 많이 한 거다.

대신 천세송에게는 자상하게 설명해 줬다.

-세송아. 나는 중앙 제단으로 가서 블랙 스톤을 투자하고 성족의 정수를 먹을 거야. 아마 지금보다는 훨씬 큰 힘을 가질

수 있을 거야.

그걸로 유리엘과 싸울 수 있을지 없을지는 아직 모른다. 이 성족의 정수가 카르티안의 힘을, 어느 정도 융화시켜서, 얼마만큼 사용할 수 있게 해줄지. 그건 미지수였으니까.

-그리고 젤르두아로 넘어가서 필라덴피아와 라이폰들을 제대로 사육할 수 있는 환경인지 확인하고 올 거야. 대략 3일 정도 걸릴 것 같아.

친동생과는 대화하기 귀찮지만, 연인에게는 말해주고 싶다. 내가 어디서 뭘 할지. 그래서 무엇을 노리는지. 어떤 그림과 미래를 그리고 있는지.

천세송이 빙그레 웃었다.

-응응. 알겠어. 나는 세아 언니랑 같이 오빠 영지들을 좀 둘러볼게.

예전처럼, 사냥터를 일부 길드나 연합이 독점한다거나 하는 행위는 없어야 한다. 노력하면 노력한 만큼은 아니어도, 어느 정도 납득할 수 있을 정도의 보상을 얻을 수 있어야 한다. 한주혁은 그렇게 생각했고, 한세아와 천세송도 그에 동의했다. 그래서 가끔 이렇게 순찰을 돈다.

7번 성좌와 앱솔루트 네크로맨서가 직접 움직이는 셈이니, 그 어떤 플레이어라도 긴장할 수밖에 없다.

한주혁이 마리안(천세송)의 머리를 쓰다듬었다.

"고마워. 부탁할게."

이마에 가볍게 키스했다. 천세송은 간질간질한 기분이 들어 배시시 웃었다. 한주혁을 끌어안고서 한주혁의 얼굴을 올려다 보았다. 그러고서 애교 가득한 목소리로 말했다.

"뽀뽀."

입술을 조금 내미는 천세송을 보면서 한주혁은 세상을 다 가진 것만 같은 만족감을 느낄 수 있었다.

쪽.

천세송의 입술에 가볍게 키스한 한주혁은 힐스테이로 향했다.

한주혁은 중앙 제단 앞에 섰다.

이 중앙 제단. 그리고 검은색 불꽃. 힘의 근본인 것도 맞고, 지금의 한주혁을 있게 해준 것도 맞기는 한데 마냥 아름답지 만은 않다.

'블랙 스톤 먹는 괴물……!'

피 같은 블랙 스톤이다. 제우스가 떠먹여 준 덕분에 약 230여 개를 얻을 수 있었다.

'그래. 어차피 쓰라고 준 거.'

과감하게 투자하기로 했다.

-블랙 스톤 200개를 소모하여 중앙 제단의 불꽃에 새로운 힘

을 부여합니다.

중앙 제단의 불꽃이 더욱 세차게 타올랐다.
알림이 이어졌다.

-'발아된 혼돈수의 씨앗'이 자랄 수 있는 완벽한 조건이 갖추어졌습니다.
-'발아된 혼돈수의 씨앗'이 성장하기 시작합니다.

한주혁의 눈에 시간이 떴다.

-7일 : 00시간 : 00분 : 00초.
-6일 : 23시간 : 59분 : 59초.
-6일 : 23시간 : 59분 : 58초.

초 단위로 시간이 줄어들었다.
'7일?'
우연의 일치인지는 모르겠지만 한주혁이 유리엘에게 요구했던 시간이 마침 7일이었다.
'어쨌든……'
혼돈수의 씨앗이 자라면 어떻게 되는지는 모르겠다만 일단 한주혁은 성족의 정수를 꺼내 들었다. 조화의 힘을 빌어 성족의 정수를 먹을 때가 왔다.

한주혁이 중앙 제단의 불꽃 속으로 들어갔다. 세상을 집어삼킬 것만 같은 이 거대한 검은 불꽃은 한주혁에게 그 어떤 피해도 주지 않았다.

그 속에서, 한주혁은 성족의 정수를 섭취했다.

-성족의 정수를 섭취하였습니다.
-'발아된 혼돈수의 씨앗'이 조화의 힘을 방출합니다.

한주혁에게 변화가 일기 시작했다.

-마력과 성력의 비율이 일정 부분 조화를 이루기 시작합니다.

아직은 카르티안에서 얻어낸 마력의 크기가 훨씬 크다. 그러나 성족의 정수를 섭취한 것이 아무런 도움이 되지 않는 건 절대로 아니었다.

'어?'

한주혁이 침을 꿀꺽 삼켰다. 대천사인 라리엘의 정수를 섭취한 것도 아니다. 평범한(?) 성족의 정수를 섭취하여 조화의 힘을 더욱 키웠을 뿐이다. 그런데 그것만으로도 한주혁의 몸에 큰 변화를 이끌어냈다.

'……대박이다.'

한주혁이 그렇게 느낀 것도 무리는 아니었다.

-모든 스킬의 쿨타임이 소멸됩니다.
-모든 스킬의 필요 M/P가 50으로 고정됩니다.

이 두 가지 알림이 한주혁을 흥분시켰다.

'쿨타임이 소멸?'

말하자면 아수라극천무나 아수라파천무 같은 사기급 스킬들을 연속해서 계속 사용할 수 있다는 얘기가 된다.

'필요 M/P가 50으로 고정?'

말이 좋아 50이지 이건 거의 필요 M/P가 없다는 얘기가 된다. 50 정도는 아무리 퍼다 써도 금방 다시 차니까.

한주혁은 할 말을 잃은 채 몸을 부르르 떨었다.

'지금까지…… 꽤 강했다고 생각했었는데.'

혹자는 자신을 일컬어 '먼치킨'이라고 얘기하기도 했다. 먼치킨이라는 단어의 정확한 의미는 모르지만, 하여튼 엄청나게 강하다는 뜻이다. 한주혁은 은근히 그 말에 동의했었다.

'아니었네.'

새로운 세계 위에 또 다른 세계가 있고, 그 세계를 벗어나면 또 더 높은 세계가 있다.

'스킬 쿨타임이 없어지다니.'

스스로 생각해도 이건 미친 것 같다.

'그렇다고 무한으로 사용할 수는 없겠지.'

올림푸스는 가상현실게임이다. 때문에 현실에서의 적절한 휴식을 반드시 필요로 한다. 아수라파천무 같은 큰 기술을 연거푸 사용하면, 올림푸스의 육체가 아니라 현실의 육체에 무리가 간다.

'심력이 딸리니까.'

흔히들 말하길 정신력이 딸린다고 표현한다.

무난하게 올림푸스를 플레이하는 것을 그냥저냥 평범하게 공부하는 것에 비유한다면, 큰 기술을 연거푸 사용하는 것은 눈을 깜빡이지 않고 집중하면서 미적분 정도 되는 문제를 연속해서 푸는 것 정도로 비유할 수 있겠다.

'그런 큰 기술들은 집중력이 너무 많이 필요해.'

그래서 현실의 몸이 지친다.

'어쨌든.'

어쨌든 엄청나다는 건 변하지 않는다. 그 어떤 스킬도 무한정, 연속해서 사용할 수 있다. 콤보를 아수라극천무와 마성격, 심검 같은 것으로 구성할 수도 있다.

'어?'

그러고 보니.

'심검도 쿨타임이 없어?'

심검도 쿨타임이 없었다. 심검도 원하는 때에 사용할 수 있다. 궁극의 비기라 할 수 있는 스킬인데, 쿨타임이 없다. 심지어 M/P소모가 50이다.

'몸만 제대로 버텨준다면……'

그러면 정말로 최강의 플레이어가 될 수 있을 것 같다. 의도했던 건 아니었는데, 몸이 다시 한번 부르르 떨렸다.

'좋네.'

한주혁 옆에 선 제1장로 룩소가 조심스레 물었다.

"주군. 새로운 깨달음을 얻으신 것 같습니다."

"깨달음이라."

어찌 보면 깨달음이라고 할 수도 있겠다. 본인 스스로의 깨달음이라기보다는, 시스템의 도움을 얻은 깨달음이기는 했지만. 결과적으로는 깨달음에 가깝지 않은가.

룩소가 감탄하며 말했다.

"주군께서 가시는 길에 세세, 영원토록 영광만이 있을 것입니다."

속으로 생각했다.

'주군의 발전 속도가 상상을 초월한다는 생각은 이미 오래전부터 했었다.'

한주혁을 처음 봤을 때부터. 감히 자신이 주군을 시험하겠다고 퀘스트를 내리던 그 시점에서부터. 주군의 성장 속도는 상식을 벗어나도 한참 벗어나 있었다는 것을 안다. 성장 속도는 분명 엄청났다. 스카이데블의 12장로들보다도 훨씬 더 빨랐다.

'성장 속도가 문제가 아니라……'

그때는 단순히 성장 속도가 빨라서 감탄했었는데 지금은 좀 다르다.

'주군의 한계가 어디인지 모르겠다.'

어느샌가 초인의 영역에 발을 디뎠고, 또 어느샌가 심검을 다룰 수 있게 되었다.

'주군의 한계가 예전에는 보였었는데.'

또 어느샌가 마족의 정수와 성족의 정수를 흡수하여, 그것을 혼돈과 조화의 힘으로 버무렸다.

'이제는 보이지 않아.'

제1장로인 자신도 주군과 자웅을 겨룬다면 압승을 예상할 수 없었다.

누군가가 제단 위로 헐레벌떡 뛰어왔다.

"주군! 괜찮으셔요? 제가 급하게 워프했었는데! 주군 오라버니도! 유리엘 자식도 보이지 않았어요."

한주혁은 계단을 뛰어 올라오는 베르디를 힐끗 쳐다봤다.

'베르디가 뛰고 있다는 건……'

블링크나 워프 같은 이동 기술을 사용하지 못할 정도로 지쳤다는 얘기가 된다. 그만큼 급박하게 워프 등을 사용해 가며 아까 유리엘과 만났던 곳으로 이동했던 것 같다.

'많이 급했나 보군.'

이쯤 되니 좀 미안해졌다. 적당히 구슬려서 위기를 벗어났다는 사실을 귓말로 말해줄 걸 그랬다.

"주구우우우우우운!!"

베르디는 한주혁이 무사하다는 것을 확인하자 힘이 솟은 듯 블링크를 통해 한주혁 앞에 모습을 드러냈다.

"오라버니이이이이이이이!"

베르디는 기쁨의 안도를 하면서 한주혁에게 와락 안겨들었다.

"베르디가 주군을 얼마나 걱정했는지 아셔요? 오라버니는 모르시죠! 오라버니 나빠요!"

한주혁은 민망한 듯 귓불을 긁적거렸다.

'어…… 음…….'

제5장로인 베르디는 정말 많이 걱정했던 것 같다. 자신에게 매달려 어린아이처럼 칭얼거리고 있는(실제로 겉모습은 아이에 가깝다) 이 베르디를 떨쳐내야 하나, 말아야 하나 조금 고민했다.

베르디는 한주혁의 품에 얼굴을 묻고서 울음을 터뜨렸다.

"으허어어엉!"

그 모습이 마치 잃어버린 아빠를 찾은 어린아이 같아서 조금 안쓰러운 느낌이 들었다.

한주혁은 베르디를 내치지 않고 그냥 내버려 두었다.

오히려 당황한 사람은 제1장로, 룩소였다.

"베르디. 주군께 그 무슨 추태냐? 떨어져라."

그제야 베르디는 한 발자국 뒤로 물러서서 눈물을 닦아냈다. 입술을 앞으로 쭉 내밀고서 짐짓 인상을 찡그렸다.

"주군께서는 베르디를 1도 생각하지 않으시는 것이 틀림없어요."

"……."

룩소는 황당했다.

'저건 어느 나라 대화법인가?'

'1'도 생각하지 않는다니. 룩소에게는 문화 충격이었다. 베르디가 주군의 나라인 한국의 언어들을 공부한다고 하더니. 한국에서는 저런 말을 쓰는 건가 싶었다.

한주혁이 말했다.

"미안하다. 베르디. 내가 미처 너한테 신경 쓰지 못했다."

"……."

표정이 풀어지려던 베르디는.

'아냐. 이거 아니야.'

스스로 마음을 다잡으며 다시 인상을 썼다.

"저는 지금 삐진 상태랍니다. 베르디는 마법진을 연성하던 중이었어요. 스스로 만든 마법진을 파괴하고 나오느라 베르디는 죽을 뻔했다구요. 그런데 주군이 그 자리에 없어서 얼마나 놀랐는지 아세요? 베르디를 깜짝 놀라게 해 죽이실 생각이세요?"

한주혁은 쉴 새 없이 종알대는 베르디의 머리를 두어 번 슥 슥 쓰다듬었다.

"미안하다니까."

"베, 베르디는 절대로 이런 것으로 풀어지지…… 않……

헤헷."

결국 베르디는 웃고 말았다.

오히려 황당한 건 한주혁이었다.

NPC도 사람과 같다. 사람처럼 생각하고 사람처럼 행동한
다. 사람으로 치자면 어린아이와 같은 모습인데, 이런 아이 같
은 NPC가 장로라니. 이걸 대단하다고 해야 할지. 이상하다고
해야 할지.

룩소가 엄한 목소리로 타일렀다.

"베르디. 추태 그만 부려라. 너는 장로다. 정신 차려."

"정신 차리고 말고 할 게 어디 있어요. 애초에 나는 주군 앞
에서만 어리광을 부린다구요. 룩소도 알잖아요?"

한주혁이 어깨를 으쓱하고서 말했다.

"괜찮아. 장로라고 해서 다 엄숙해야만 하는 건 아니잖아."

스스로를 방사능 핵폐기물이라고 자책하며 엉엉 우는 장로
도 있는데 뭐. 다양한 성격을 가지고 있는 거야 뭐. 나름 납득
할 만하지 않은가.

"예. 주군."

룩소는 다시 한번 감탄했다. 만약 자신이었다면 베르디를
엄벌에 처했을 거다. 룩소가 생각하기에 베르디는 장로답지 않
았다.

'베르디가 만약 자객이었다면……'

그랬다면 주군께서는 위험에 빠졌을지도 모른다.

하지만 주군은 베르디를 믿어주었고, 베르디는 주군에게 자신의 솔직한 모습을 보여주었다.

'하기야.'

베르디가 저런 모습을 보이는 건 오직 주군 앞이다. 그만큼 베르디가 주군을 의지하고 있고 스스로의 모든 모습을 내보이고 있다는 소리다.

'상대가 주군이니까.'

그러니까 가능한 거다. 그 사실이 룩소에게는 감동으로 다가왔다.

'이것이 대군주의 포용력과 리더십이다.'

모든 것을 머리로 생각하고 이성으로 생각하려는 자신은 절대로 될 수 없다. 룩소는 그렇게 생각했다.

사실상 한주혁은 그냥 별생각 없었다. 그냥 그런가 보다 했을 뿐이지만, 하여튼 룩소는 그렇게 생각했다.

"나는 젤르두아로 간다."

한주혁은 젤르두아로 이동했다.

아직 6일 이상의 시간이 남아 있다. 그전에 유리엘을 상대할 수 있는 힘을 키울 수 있으면 참 좋을 텐데. 그런 생각을 하면서 젤르두아에 도착하자, 이번에는 베르디가 아닌 다른 누군가가 헐레벌떡 뛰어왔다.

"형니이이이이이이임!"

똑같이 달려오기는 했는데 느낌이 영 별로다.

베르디는 어린아이의 모습을 하고 있다. 귀여운 느낌이 강하다. 어린 조카를 보는 것 같은 느낌도 든다.

그런데 저 털이 숭숭 난, 딱 봐도 아저씨인 저 남자가 형니이이임! 하면서 달려든다니. 전혀 귀엽지 않다.

'갑자기 왜 저래?'

다행히 푸락셀은 한주혁에게 안긴다거나 하지는 않았다.

그에게는 다행한 일이었다. 만약 안겼다면 끔찍한 유혈 사태가 일어났을지도 모를 일이다.

"죽을죄를 지었습니다."

"……."

한주혁은 아무 말도 하지 않았다. 얘가 무슨 말을 하는지 모르겠다.

한주혁이 아무 말도 하지 않자 푸락셀은 긴장했다.

그는 긴장한 채로 솔직하게 얘기했다.

'자애로운 대군주시다……!'

그러니까 인정에 기대어 솔직히 용서를 빌면 받아주실 거다.

'지금은 화가 나셨지만…….'

물론 한주혁은 화나지 않았다. 무슨 말을 하는지 몰라서 가만히 있을 뿐이다.

푸락셀이 자신의 잘못을 이실직고했다.

한주혁이 피식 웃고서 말했다.

"다 알고 왔어."

아니다. 처음 듣는 얘기다. 그렇지만 몰랐다고 말하는 것보다는 알았다고 말하는 게, 푸락셸의 감동을 더 키워줄 수 있지 않겠는가.

푸락셸이 양파와 비슷한 모양의 무엇인가를 상자에 담아 한주혁에게 건넸다. 딱 이만큼. 푸락셸이 빼돌린 '갈렉'의 양이었다.

"그 정도는 실수라고 생각하고 넘어가 줄게."

"가, 감사합니다!"

푸락셸은 감동했다. 역시 자애로운 대군주다.

그는 다짐했다.

'내 절대로 허튼짓은 하지 않으리라!'

절대로. 절대 절대악의 눈 밖에 나는 행위는 하지 않기로 다짐했다.

"내가 알아보라던 건?"

"바로 안내하겠습니다. 제가 미리 오픈시켜 놓았습니다. 플레이어들도 이제 자유로이 출입할 수 있을 겁니다."

한주혁이 만족한 미소를 지었다. 그리고 그쪽으로 이동하려고 했는데, 뭔가 이상함이 느껴졌다.

'응?'

인벤토리에서 반응이 있었다.

'엄청나게 번식한 모양인데.'

알림이 들려왔다.

-아공간의 용량이 가득 찼습니다.

-더 이상의 내용물을 저장할 수 없습니다.

아공간에서 자동으로 무엇인가가 튀어나왔다. 푸락셀은 깜짝 놀랐다.

"으악!"

이상한 몬스터가 보였다. 이것이 주군께서 최근에 사냥했다는 그 필라덴피아라는 슬라임형 몬스터인 것 같았다.

"이, 이것이 그 필라덴피아라는 놈이군요."

"아공간 내에서 엄청나게 번식한 모양이야."

"그, 그럼 바로 안내하겠습니다."

"아니. 잠깐."

한주혁이 제자리에 멈춰섰다.

필라덴피아가 조금 이상했다. 반투명에 가까웠던 필라덴피아의 몸이 붉게 달아오르기 시작했다.

한주혁은 무엇인가를 깨달을 수 있었다.

'지금, 이거. 우연 아니지?'

슬라임 형태의 몬스터. 필라덴피아가 갈렉에 반응을 보였다. 붉어진 플라덴피아가 순식간에 자가 분열을 시작했다.

'어?'

한주혁은 갈렉 하나를 꺼내어 필라덴피아의 먹이로 줬다.

반쯤 액체 상태인 필라덴피아는 그것을 몸속으로 집어넣었다.

'오호?'

새로운 사실을 알아냈다.

'필라덴피아가…… 갈렉을 먹이로 해서 빠르게 증식하네?'

갈렉은 정력제다. 정력제를 먹이로 해서 빠르게 증식하는 몬스터. 그리고 그 몬스터를 잡아먹는 라이폰.

한주혁이 피식 웃었다.

"용병왕 푸락셀."

푸락셀의 어깨를 탁탁 두드려 줬다.

"잘했어."

"……예?"

뭘 잘했다는 것인지는 모르겠지만 일단 칭찬받았다. 그러면 된 것 아닌가.

"감사합니다!"

용병왕 푸락셀이 처음에 자신에게 도전했을 때부터, 어쩌면 이 그림은 그려져 있었던 것일지도 모른다. 젤르두아를 제패했던 것이, 어쩌면 이때를 위함이었던 것일지도 모른다. 제국이 그다지 관심을 갖지 않는 땅. 이 땅의 특산물인 '갈렉'이 아메리아 대륙에서 나타난 '필라덴피아'의 먹이가 될 줄이야.

'제국의 관심에서 많이 멀어져 있는 곳.'

그곳의 특산물인 갈렉. 그리고 또 다른 대륙인 아메리아 대륙의 몬스터.

'이 조건들이 마치…… 엉킨 실타래처럼 연결되어 있네.'

언뜻 보면 아무런 연관도 없어 보이지만, 그 사이사이에 '절대악'이라는 변수가 들어가면 완전히 달라진다.

한주혁은 머릿속으로 상황을 정리해 봤다.

1. 아메리아 대륙에 자가 분열하는 몬스터가 나타났다.
2. 그 몬스터는 젤르두아(에르페스 제국의 관심이 닿지 않는 땅)의 특산물인 갈렉을 먹이로 빠르게 성장 및 분열한다.
3. 그 몬스터는 라이폰의 먹이다.
4. 라이폰은 성족의 천적이다.
5. 성족은 에르페스의 편에 가깝다.

이 다섯 가지 상황에 자신이 연관되면.

1. 아메리아 대륙에 자가 분열하는 몬스터가 나타났고, 미국인들이 절대악에게 도움을 요청했다.
2. 그 몬스터는 젤르두아의 특산물인 갈렉을 먹이로 빠르게 성장 및 분열하는데, 젤르두아의 패자가 절대악이다.
3. 그 몬스터는 라이폰의 먹이인데, 절대악이 그 라이폰을 길들였다.
4. 절대악이 길들인 라이폰은 성족의 천적이다. 그리고 절대악은 첫 플레이부터 '성 속성' 개체들과 대적해 왔다.

5. 더 나아가 제국과 성 속성 개체들은 자신의 적이다.

상황들이 조금씩 바뀐다. 개별적인 사건들이 절대악이라는 키워드 하나를 가지고 하나로 모였다.

"푸락셀. 네게 특별한 명령을 내리겠다."

"말씀만 하십시오!"

푸락셀은 자신을 믿으라는 듯 가슴을 탕탕 쳤다.

'잃어버린 신뢰를 회복할 기회다!'

절대악 앞에서는 그 어떤 농땡이도 부릴 수 없다. 그 어떤 잔 꾀도 통하지 않는다. 물론 오해에서 비롯되었지만 어쨌든 푸락 셀은 그렇게 생각했다.

'무조건 잘 보여야 한다!'

대군주의 자질도 엿봤다. 포용력도 봤다. 그냥 아예 몸을 의 탁하고서 편하게 살고 싶다. 절대악의 위세에 기대어서 말이 다. 용병왕의 이름보다, 절대악의 펫이 더 좋은 것 같다.

"이놈들과 라이폰들을 대량으로 사육할 것이다. 다만 제국 에게 최대한 들키지 않으면 좋겠어."

"분부 받들겠습니다! 필드의 오픈 권한은 오로지 저에게 있 습니다. 필드를 비공개 처리하겠습니다."

물론 황제나 에르페스 황실의 권력가가 필드를 오픈시키라 고 한다면 어쩔 수 없겠지만, 다행히 이곳은 황궁의 관심으로 부터 먼 곳이다. 땅끝 나라. 남쪽 끝. 젤르두아니까.

푸락셀은 감동했다.

'내가 도움이 될 수 있다니……'

기뻤다.

그는 활짝 웃으면서 말했다.

"형님. 정말 열심히 하겠습니다. 믿어주십시오."

그러고서 계약서 하나를 내밀었다. 두 손을 싹싹 비비면서 비굴하게 웃었다.

"헤헤."

"이게 뭐냐?"

"계약서입니다."

"계약서?"

한주혁은 그걸 보고서 할 말을 잃었다.

'펫 1호 계약서?'

머리가 약간 아파 왔다. 아니, 무슨 펫 따위에 이렇게 집착해?

'눈을 보아하니……'

욕망에 불타고 있다. 저 욕망이 어떤 욕망인지 구체적으로는 모르겠으나.

'루펜달한테 지고 싶지 않은 건가……?'

루펜달도 스스로를 펫 1호라고 주장하고 있다. 역시 잘 모르겠지만, 꼬꼬도 왠지 그런 기색이다.

'이게 무슨 의미가 있겠어?'

펫에 무슨 의미가 있단 말인가. 충신 1호도 아니고 겨우 펫

1호.

'푸락셀도 잘 구슬려 놓을 필요가 있겠지.'

한주혁이 어깨를 가볍게 으쓱했다.

"좋아. 한 달의 시간을 준다. 얼마만큼 라이폰 목장을 잘 활성화 시키느냐에 따라, 이 계약서에 사인을 하느냐, 하지 않느냐가 결정될 거야."

푸락셀이 열정에 불타올랐다.

'그래. 이거다!'

펫 1호의 자리에 가장 근접해 있는 루펜달의 뒤통수를 거하게 후려칠 수 있을 거다.

'펫 1호는 나다.'

뭐가 어찌 됐든 사인이 있는 계약서야말로 가장 큰 효력을 가지는 것 아니겠는가. 제아무리 스스로 펫 1호라고 주장해봐야 의미 없다. 한 지역의 패자인 푸락셀은 그것을 잘 알고 있다. 그래서 일단 지르고 봤다.

'펫 경쟁에서의 승리자는 바로 나다. 루펜달.'

───────

유리엘이 탁! 소리가 나도록 맥주잔을 테이블에 내려놓았다.

갈렌티아는 유리엘의 뒤통수를 때려서 기절시키려다가 참았다. 유리엘이 재미있는 얘기를 꺼냈기 때문이다.

"절대악을 그냥 살려줬다고?"

"앙. 7이레 여유 시가늘 줘쒀.(응. 7일의 여유 시간을 줬어)"

혀가 잔뜩 꼬부라진 유리엘을 보며 갈렌티아는 다시 한번 인상을 찡그렸다.

"내 볼에 뽀뽀하려 들면 진짜로 벤다."

"쳇. 갈티니는 넘우 매정해애애. 미오.(쳇. 갈틴이는 너무 매정해. 미워)"

갈렌티아는 친구의 주사를 받아주지 않았다. 그나마 기절시키지 않고 있는 건, 절대악의 얘기에 흥미가 생겨서다.

'절대악이 왜 하필 7일의 시간을 달라고 했을까?'

정말로 그가 말한 대로일까?

'대군주로서 플레이어들을 위해서 희생할 시간이 필요했나?'

세간에 퍼진 소문에 의하면 그럴 수도 있다. 그게 꼭 거짓말은 아닐 수도 있다.

'그런데……'

느낌이 묘했다.

'단순히 그런 것 같지는 않아.'

이건 단순히 직감이었다. 어떤 논리적 근거는 없었다.

갈렌티아는 플레이어의 성장 속도를 눈앞에서 직접 봤다. 다른 플레이어는 몰라도.

'적대악의 성장 속도는 어마어마했지.'

5창급 레미티온을 소지하고 있는 적대악. 그 플레이어를 직접 봤었다. 자신과 대적하기에는 아직 한참 멀었지만 중요한 것은 그 플레이어가 올림푸스 세상에 모습을 드러낸 지 겨우 3달 정도밖에 안 되었다는 거다.

'3달 만에 그 정도의 성취라면……'

그리고 그 적대악이 절대악을 대적하는 플레이어라면, 절대악도 그에 못지않다는 뜻 아니겠는가.

'절대악은 7일 동안 비장의 수를 계획하고 있을지도 몰라.'

유리엘을 힐끗 쳐다봤다. 유리엘에게서 긴장감은 전혀 찾아볼 수 없었다.

"유리엘. 조심하는 게 좋아. 플레이어들의 성장 속도는 가히 상상을 초월할 정도니까."

"헹. 그래 바짜지! 나가 더 쎄!(헹. 그래 봤자지! 내가 더 세!)"

"그래도 지나친 방심은 하지 않는 게 좋아."

술에 잔뜩 취한 유리엘은 빈 맥주잔을 허공에 높이 들어 올리고서 고래고래 소리를 질렀다.

"초이네 영여게 겨흐 들어간 놈이다! 나가 훠어어얼씬 더 쎄다!(초인의 영역에 겨우 들어간 놈이다! 내가 훨씬 더 세다!)"

"7일 후에. 놈이 갑자기 강해져서 나타날 확률은?"

"그대도 내가 쎄!(그래도 내가 세!)"

"……"

갈렌티아가 유리엘을 물끄러미 쳐다보다가 말했다.

"혹시라도 위험한 상황이 오면…… 항복해라. 절대악이 살

생을 즐기는 플레이어는 아니니까."

유리엘이 다시 한번 탁! 소리가 나도록 맥주잔을 내려놓았다. 이번에는 좀 세게 쳤다. 유리잔이 깨질 뻔했다.

"무슨 소디! 그럴 일이 이쓸 리 없자나!(무슨 소리! 그럴 일이 있을 리 없잖아!)"

"매일 술에 절어 있는 네놈 아니냐? 걱정돼서 하는 말이다."

"헹!"

유리엘은 맥주 한 잔을 더 시키고서 맥주를 벌컥벌컥 들이마셨다.

한 잔을 또 깨끗하게 비운 유리엘이 맹세하듯 말했다.

"저대악이 나를 이교? 말도 안 대지. 저대로 그런 일 없따! 그런 일이 생길 거 가트면! 내가 그놈을 형니므로 모시게쒺!"

절대악이 나를 이겨? 말도 안 되지. 절대로 그런 일 없다. 그런 일이 생길 거 같으면 내가 그놈을 형님으로 모시겠다는 뜻이다.

그 말을 마친 유리엘은 결국 잠에 빠져들고 말았다.

그사이, 유리엘의 창끝 부근에 달린 푸른색 구슬이 밝게 빛나고 동시에 식당 한편 어두운 곳에서 한 여자가 모습을 드러냈다.

"정말로 유리엘이 당신 앞에서는 완전히 무장 해제되는군요. 아예 주변 경계를 하지 않아요. 지금이라면 내가 유리엘을 찔러도 되겠는데요?"

갈렌티아가 그 여자를 쳐다봤다. 조용히 말했다.

"모습을 함부로 드러내는 거. 위험하잖아, 블랙."

"주변에 아무도 없는 거 알잖아요. 어차피 이 식당은 내 식당인걸요."

"어쨌든 유리엘로부터 맹세는 받아냈어."

유리엘이 사용하는 창. 포세이돈이 그 맹세를 읽었다. 유리엘은 좋든 싫든 그 맹세를 따라야 할 거다.

블랙이 희미하게 웃었다.

"우리의 왕께서도…… 당신을 좋게 보고 계셔요. 우직한 기사라고."

"나를?"

어느새 흐릿해지던 블랙은 이상한 말을 남겼다.

"그분은 이미 당신을 만났으니까."

한주혁은 아이템 설명창을 활성화시켰다.

<가르샤의 창>

세계 12대 초인 중 한 명이었던 가르샤가 사용했던 창. 고대 창술가이자 사르페온 창술의 창시자인 쿠낙의 창술이 고스란히 녹아들어 있다.

등급: 신

내구도: 무한

옵션:

  1) 쿠낙 조각술

  2) 쿠낙 전투창술

+상세설명

가르샤의 창. 3층성이 악신의 가호의 버프를 빌어 성족으로 루팅한 아이템이다. 이름에서부터 감이 왔는데 실제로 세계 12대 초인의 아이템이었다.

또다시 신급 아이템을 손에 넣었다.

<상세설명>

사르페온 창술은 조각술로부터 시작되었습니다. 모든 공격술과 방어술의 근간과 기본은 조각술입니다. 사르페온 창술의 창시자인 '쿠낙'은 뛰어난 예술가이기도 했습니다.

1. 쿠낙 조각술을 사용할 수 있습니다.

고대의 장인. 쿠낙의 조각술을 사용하여 시전자의 의지를 조각할 수 있습니다.

2. 쿠낙 전투창술을 사용할 수 있습니다.

쿠낙의 전투창술을 사용하여 사르페온 창술을 자유로이 구사할 수 있습니다. 사르페온 창술과 가르샤의 창의 조합은 대륙에 존재하는, 신급 미만의 모든 창술에 대하여 상성 우위의 특성을 가집니다.

글자로 기술되지 않은 정보들도 머릿속에 입력되었다.

'전투창술은…… 쉽게 말해 자동 전투 같은 거네.'

마치 인공 지능처럼 신급 아이템인 가르샤의 창과 그 안에 깃든 쿠낙의 창술이 융합되어 자동으로 창술 전투를 치른다.

'신급 미만의 모든 창술에 대해 상성 우위.'

그러고 보니 애꾸눈의 기사. 유리엘도 창을 사용하지 않는가. 유리엘과 약속한 시간까지는 이제 6일 남았다.

'창술로 겨룬다면…… 큰 이득을 볼 수 있겠어.'

이것만으로 유리엘에게 이길 수 있을지는 확신하지 못하겠다만, 그래도 역시 신이 돕는 플레이어가 맞다. 이 타이밍에 이 아이템을 손에 넣었다는 것을 단순히 운으로만 치부할 수는 없지 않겠는가.

'그런데 이 조각술은…….'

쿠낙의 조각술. 전투창술보다 오히려 더 위에 소개되어 있는 기술이다. 창에 각인된 조각술이라니.

'루덴의 천갑옷에는……. 고대의 장인이었던 쿠텐과 관련된 일화가 기록되어 있었어.'

지금은 파괴된 아이템. 그 아이템에는 쿠텐과 관련된 얘기가 있었다. 가르샤의 창에는 또다른 고대의 명인. 쿠낙과 관련된 설명이 있다.

'연관이 있나?'

하필이면 세계 12대 초인 아이템에. 두 명의 '고대의 장인'이 소개되었다. 시나리오를 진행하다 보니 쿠텐은 옥새를 모조한 장인이라는 것도 알게 됐다.

옥새를 모조한 고대의 장인. 쿠텐.

조각술에 통달한 고대의 장인. 쿠낙.

어떤 연관이 있을지도 모른다. 아직은 알 수 없었다.

'조각술이라…… 이건 어떻게 쓰는 거지?'

의지를 조각한다는 게 무슨 말인지 모르겠다. 그때 머릿속에 정보가 계속해서 입력되었다.

그 순간 한주혁은 깨달을 수 있었다.

'이건 설마……'

한주혁은 '세인트 로드의 비즈'를 확인했다. 스승의 심검에 저항하다가 현재는 파괴된 상태.

<세인트 로드의 비즈>

세계 12대 초인 중 한 명. 세인트 로드라 불렸던 수집가 엔드라움의 유품. 달빛의 기운을 품고 있다. 현재는 파괴된 상태로 그 힘을 잃어버렸다.

등급: 신

내구력: 해당 사항 없음.

옵션:

1) 리플렉션. (사용 불가)

수집가 엔드라움의 유품. 성좌와 관련된 아이템이니만큼 달빛과 관련이 되어 있다.

'일단 중요한 건 이게 아니라.'

중요한 건 상세설명이었다.

<상세설명>

세계 12대 초인 중 한 명이었던 세인트 로드 엔드라움의 장례식은 성전 발발 7일 전에 이루어졌습니다. 장례식은 엔드라움의 유언에 따라 달빛의 연인의 주도 아래 이루어졌고, 세인트 로드의 비즈는 엔드라움의 관 속에서 발견된 유품입니다. 세인트 로드의 비즈가 어떻게 만들어졌는지는 알 수 없습니다만 세니아의 눈물, 엔드라움의 정기. 보름달의 달빛이 만나 형태를 이루었다고 추정됩니다.

세인트 로드의 비즈는 또 다른 세계 12대 초인 중 한 명인 구마도스가 처음 발견하였으며, 구마도스가 착용하였던 아이템이기도 합니다.

현재는 복구할 수 없을 만큼 완전히 망가져 버려 흔적만이 남은 상태입니다.

한주혁이 집중한 것은 다른 설명들이 아니라 바로 '구마도스가 착용하였던 아이템이기도 합니다'라는 설명이었다.

'과거 성마전쟁에서 세계 12대 초인들은 서로 힘을 합쳤어.'

성족의 영향을 받은 세계 12대 초인들은 힘을 합쳐 마족들과 전쟁을 치렀었다. 구마도스는 이 세인트 로드의 비즈를 착용했다고 알려져 있다.

'쿠낙 조각술. 구마도스 장갑. 그리고 세인트 로드의 비즈.'

한주혁은 현재 구마도스 장갑을 끼고 있는 상태다. 왼손으로는 '가르샤의 창'을 들고 있고, 오른손에는 '세인트 로드의 비즈'를 들고 있다.

"보인다."

한주혁의 눈에 보였다. 실제로 존재하는 점선은 아니지만, 한주혁의 눈에는 또렷하게 보였다. 구마도스 장갑에 점선이 새겨져 있었다.

'모양은 세인트 로드의 비즈 모양.'

다시 말해.

'구마도스 장갑에 세인트 로드의 비즈를 끼워 넣을 수 있어.'

그 방법이 바로 '쿠낙 조각술'이다. 말하자면 세계 12대 초인 세 개가 모여 하나의 아이템을 만들어낼 수 있는 거다.

'진짜 되나?'

눈에 보이기는 하는데. 이것이 정말로 아이템 융합을 의미하는 건지는 아직 확신할 수 없었다.

'어디 한번.'

확인해 보기로 했다.

-쿠낙 조각술을 사용하시겠습니까?

-쿠낙 조각술의 사용 대상을 설정하여 주십시오.

-쿠낙 조각술을 '구마도스 장갑'에 사용하시겠습니까?

한주혁의 머릿속에 정보들이 입력되었다.

'맞아.'

할 수 있다. 세인트 로드의 비즈를 구마도스 장갑에 끼워 넣어 융합 아이템으로 만들 수 있다.

'있기는 있는데…….'

문제가 조금 있다.

-'구마도스 장갑'이 파괴될 확률이 존재합니다.

-'구마도스 장갑'이 파괴될 확률은 30퍼센트입니다.

구마도스 장갑이 파괴될 수도 있단다. 세계 12대 초인의 아이템. 특히 구마도스 장갑은 절대악 플레이 초기부터 유용하게 써왔던 아이템 아닌가.

'이걸 어쩐다.'

신급인 세계 12대 초인의 아이템 세 개가 한데 모여 하나의 융합 아이템을 만들어낼 수 있다. 아마 어마어마한 아이템이 탄생할 거다. 한주혁은 그렇게 판단했다.

'질러?'

한주혁은 고개를 저었다. 무턱대고 지르기에는 조금 위험하다.

'성공 확률을 획기적으로 높이는 방법이 분명 있을 거야.'

제우스가 밥을 떠먹여 주고 있다. 그런데 또 그 제우스가 무턱대고 아예 퍼주지는 않는다. 적절한 시험과 적당한 난관을 준다. 마치 '지혜롭게 진행하면 나는 네게 퍼줄 거야. 잘 생각해서 진행해'라고 말을 하는 것처럼.

'일단 보류.'

일단 보류하려고 했는데, 새로운 정보가 머릿속에 입력되었다.

-'가르샤의 창'에 새겨진 '쿠낙의 의지'가 '모르골 제국의 모조 옥새'에 새겨진 '쿠텐의 의지'를 확인합니다.

-'쿠낙의 의지'가 플레이어를 돕기 원합니다.

한주혁에게 목소리가 들려왔다.

-쿠텐의 의지를 가진 자여. 내가 그대를 돕기 원한다. 나는 쿠낙의 의지를 대변하는, 쿠낙의 진전을 이은 가르샤라 한다.

한주혁은 멈칫했다.

'쿠낙의 진전을 이은 가르샤?'

쿠낙의 의지가 곧 가르샤의 의지라는 뜻인 것 같다.

'세계 12대 초인.'

원래는 적이다. 한주혁은 원래 절대악이니까.

-쿠텐의 의지가 느껴진다. 그것도 강렬한 의지가.

그 강렬한 의지는 바로 쿠텐이 모조한 모르골 제국의 옥새로부터 나오는 것 같았다.

한주혁이 감격한 척 연기했다.

"쿠텐을 아는가?"

그는 쿠텐의 의지를 가지지 않았다. 하지만 지금부터는 쿠텐의 의지를 가지기로 했다. 그래서 이렇게 말했다.

"나와 의지를 함께하는 자. 쿠텐을 알고 있나? 가르샤. 내 이름은 아서. 쿠텐의 의지를 대변하는 자다."

물론 한주혁은 쿠텐의 의지를 대변하지도 않는다. 하지만 상관없었다. 사실이 중요한 게 아니니까.

푸락셀은 조용히 한주혁을 쳐다보기만 했다.

'형님께서 무엇인가를 하고 계신다.'

한눈에 봐도 범상치 않은 아이템들을 들고 있다. 잘은 모르겠지만, 최소 레어 이상의 아이템들.

'엄숙하고 진중한 대화를 하고 계신다.'

쿠텐이 누군지는 모르겠지만, 이 얼마나 진지한 광경인가. 이 얼마나 장엄한 광경인가. 절대악과 의지를 함께하는 자. 그리고 절대악이 의지를 대변하는 자. 그 이름은 쿠텐. 그러한 내용의 대화다.

한주혁이 사기 치는 중이라는 것을 알 리 없는 푸락셀은 진지하게 감탄했다.

형님이 누구와 대화하는지 대충 알아차렸다.

'설마…… 의지를 가진 아이템들인가?'

현재는 제작이 불가능한 아티팩트. 고대로부터 전해지는 '에고 아이템'이 아닌가 싶다.

'형님께서 대화를 하는 대상이 정말 아이템이라면……!'

그러면 에고 아이템이 맞다. 고대로부터 전해지는, 최상의 마법절학.

'에고 아이템이 맞는 것 같다!'

한주혁을 주군으로 선택하길 잘한 것 같다. 이제는 공식적인 펫 1호의 자리에 올라섰다. 루펜달도 이 계약서가 있으면 기어오르지 못할 거다.

'에고 아이템이라니.'

몸에 찌릿, 하고 전율이 느껴졌다. 자신이 에고 아이템을 가진 것도 아닌데 괜히 자신이 우쭐해졌다. 내가 모시는 분이 저 정도다. 그런 마음이다.

'플레이어들은 이런 걸 국뽕이라고 표현하던가?'

플레이어들이 하는 말을 대충 주워들은 적이 있다. 절대악을 칭하면서, '크으! 국뽕에 취한다!'라고 말을 했었다. 푸락셀은 그 '국뽕'이라는 것이 무엇인지 정확하게는 알지 못했지만 지금 자신이 느끼는 이 감정이 국뽕이 아닐까 지레짐작했다.

괜스레 플레이어들을 따라 해보며 감탄했다.

'크! 국뽕에 취한다!'

한편, 한주혁은 자신의 대답. 그러니까 '나와 의지를 함께하는 자. 쿠텐을 알고 있나?'라는 그 대답이 옳았음을 직감했다. 가르샤의 창이 하얀색으로 빛나기 시작했다.

-시간이 너무 오래 흘렀다. 오래 이야기할 수 없다. 연자여. 나는 감격스러움을 금할 길이 없다. 구마도스의 향기가. 세니아의 향기가. 엔드라움의 향기가. 말카노의 향기가. 루폰테의 향기가. 루덴의 가슴 아픈 향기가. 그리고 랜튼의 향기가 느껴진다.

가르샤의 창이 더욱 밝게 빛났다. 마치 정말로 반가운 벗을 만난 것 같았다.

한주혁이 태연스레 거짓말했다.

"그 모두가 나의 전우이자, 나를 기쁘게 하는 이름이지."

그 말을 완전히 믿어버린 듯한 가르샤의 창이 한주혁에게 단서를 남겼다.

 -구마도스의 장갑으로 쿠낙의 조각술을 사용할 수 있다. 그런데 아주 조심스러운 공정이 필요하다. 쿠낙의 조각술을 이용하되, 조각술을 펼치는 도구는 가르샤의 창이 아닌 다른 아이템이 훨씬 유리하다.

 한주혁은 순간 이해하지 못했다.
 '쿠낙의 조각술을 쓰기는 쓰는데…… 다른 아이템으로 그걸 쓰라고? 그게 되나?'
 그게 되는 것 같다.

 -나의 의지가 그대를 돕겠다. 찾아라. 천벌의 단도를. 천벌의 단도가 구마도스의 장갑에 나의 의지를 깃들게 할 것이니. 나는 그 날을 위하여. 힘을 비축하고 있겠다. 나의 마지막을 모두 쏟아낼 것이다.

 한주혁이 말했다.
 "나. 그거 있다."
 그의 몸이 바르르 떨렸다.
 '천벌의 단도가 이때 쓰여?'
 천벌의 단도. 절대악 플레이 초기에, 그러니까 대연합과 무력 충돌이 있었을 때. 그때 얻었던 아이템이다.

당시 '천벌의 단도'를 소유하고 있었던 사람은 강무환.

'강무환이 내게 사용하려 했던 무기.'

그랬는데 지금 생각해 보니 좀 이상하다.

'당시 플레이어들의 최고 레벨이 90 이하였어.'

그때는 몰랐다. 강무환이라 하면 대연합 신성의 수장이자 대한민국을 대표하는 최정상급 플레이어. 그렇게 알고 있었기에, 이 신급 아이템을 가지고 있다는 것에 의구심을 품지 않았었다. 그냥 어디선가 주웠나 보다. 그렇게 생각했다.

'지금 돌이켜 보면…… 그 정도 레벨. 그 정도 실력에서 신급 아이템을 얻을 수 없어.'

강무환이라고 해봤자 자신에게 한 대 얻어맞으면 죽는 수준 아니었던가.

'그때는 세계 최정상급 플레이어들이라면 신급 아이템 한두 개쯤 갖고 있을 거라고 생각했었는데……'

그 생각이 틀렸던 것 같다. 더 넓어진 시야와 실력으로 바라보니 그때와는 생각이 달라졌다.

'그렇다면 이 천벌의 단도는……'

결국 당시에 끈이 닿아 있었던 태르민으로부터 얻었거나, 제국으로부터 얻었을 거다.

'아마 태르민이겠지.'

그렇게 생각하니 경각심이 조금 더 생겼다.

'그 당시에 태르민은 신급 아이템을 강무환에게 넘겨줄 정도의 능력이 있었다는 거네.'

어쨌거나 한주혁은 '천벌의 단도'를 가지고 있는 상태. 가르샤의 창이 굉장히 기뻐했다.

-지금 당장. 조각술을 천벌의 단도로 전이시키겠네. 시간은 길어봐야 10분 정도. 천벌의 단도를 사용하면 구마도스의 장갑에 세인트 로드의 비즈를 완벽하게 심을 수 있어.

한주혁이 고개를 끄덕였다. 그와 동시에 알림이 들려왔다.

-쿠낙의 의지를 대변하는 가르샤의 의지가, '쿠낙 조각술'을 임시적으로 전이합니다.
-전이 대상은 '천벌의 단도'로 확인됩니다.
-'천벌의 단도'를 사용하여 '쿠낙 조각술'을 사용할 수 있습니다.
-'쿠낙 조각술'에 필요한 M/P는 5,000입니다.

한주혁이 찔끔 놀랐다.

'5,000?'

아무래도 미친 알림 같다. 플레이어의 한계를 아득히 뛰어넘은 자신조차도 M/P가 약 3,500가량이다. 그런데 5,000이라니. 말 그대로 미친 소리다.

알림이 이어졌다.

-모든 스킬의 필요 M/P가 50으로 고정됩니다.
-스킬. 쿠낙 조각술을 사용합니다.

'아! 이거 진짜 신의 타이밍이 이어지는구나.'
제우스가 돕고 있는 게 확실하다. 말 그대로 '신의 타이밍'이다.
한주혁은 젤르두아에 오기 직전, 중앙 제단에서 새로운 힘.
성족의 정수를 섭취하고서 손에 넣은 조화의 힘이 빛을 발했다.

-구마도스 장갑에 새로운 생명을 부여합니다.

가르샤의 창이 하하하하하! 하고 크게 웃었다. 한주혁에게
만 들리는 호탕한 웃음소리. 가르샤의 창은 정말로 기뻐하는
것 같았다.

-다시 한번. 영웅의 무구를 보는구나!

기뻐하며 말했다.

-세상을 좀 먹는 악의 무리를 멸하라. 가라. 쿠텐의 의지와 진
전을 이은 자여! 세상에 도래할지 모르는 절대악을 소멸시켜라!

그대라면 악을 멸할 수 있을 것이다!

크하하하! 하는 웃음소리가 조금씩 작아졌다. 할 일을 모두
마친 '가르샤의 의지'가 조금씩 사라졌다.

한주혁이 어깨를 으쓱했다.

'응. 미안. 내가 절대악이야.'

절대악의 손에는 새로운 아이템이 하나 들려 있었다. 아이
템 정보를 확인했다.

<영웅의 장갑>

쿠텐의 의지. 쿠낙의 의지를 전승한 전승자들에 한해 손에
넣을 수 있는 장갑. 구마도스 장갑에 (파괴된)세인트 로드의 비
즈를 합성시켜 만드는 것으로 이 과정은 오로지 쿠낙 조각술
에 의해서만 진행될 수 있다. 쿠낙 조각술에 의해 재생산된 영
웅의 장갑은 구마도스 장갑보다 더욱 진일보된 능력을 갖는다.

등급: 신

내구도: 무한

+상세설명

조금 아쉬운 것이 있다면 등급은 그대로 신으로 유지되고
있다는 것. 신급 아이템 3개를 사용해서 만들어낸 아이템인데
여전히 신급이라니. 조금 아쉽기는 했다.

'최상위 명령 등급…… 같은 게 있을 것 같은데.'

어쨌거나 설명에 의하면 구마도스 장갑보다 더욱 진일보된 능력을 갖는다고 표현되어 있었다. 상세설명을 활성화시켰다.

<상세설명>

영웅의 장갑은 성마전쟁의 역사를 바꾸었을 정도의 강력한 힘을 자랑하는 아이템입니다. 구마도스의 절친한 친구였던 가르샤가 카르상트 전투에서 사망하면서 구마도스의 장갑에 새로운 힘을 부여한 전적이 있습니다. 영웅의 장갑을 통해 구마도스와 성족은 마족과의 전쟁을 승리로 이끌었으며 에르페스 개국의 제1공신의 자리를 차지할 수 있었다고 전해집니다.

옵션:

1) 공격 불가 설정 무시(단, 최상위 등급 명령 등급의 공격 불가 설정은 파괴 불가)

2) 우위 속성 자동 설정

3) 가르샤의 창과 함께 사용 시 공격 속도 및 공격력 3배 증폭(가르샤의 창에도 1번 옵션 동일 적용)

4) 천벌의 단도와 함께 사용 시 사용 횟수 무제한 증가(천벌의 단도에도 1번 옵션 동일 적용)

한주혁은 잠시 말을 잇지 못했다.

'……대박이네.'

그간 사기급 아이템들을 많이 얻어왔지만, 이 정도는 아니었다.

'공격 불가 설정을 무시한다고?'

예전에는 속성 방어 설정을 무시했었다.

불로만 타격할 수 있는 상대. 성 속성 공격으로만 타격할 수 있는 상대. 그런 상대들의 방어 설정을 무시하며 공격할 수 있도록 설정을 변경해 줬었다.

그런데 이제 그걸 아득히 뛰어넘었다.

'케르핀의 낙서장을 사용하는 수준인데?'

이래도 되나 싶을 정도다.

영웅의 장갑을 활용하면 공격 불가 설정의 모든 것들을 공격할 수 있다. 원래대로라면 공격할 수 없는 나무와 바위 등도 때려 부술 수 있게 된다는 얘기다. 특별한 방어 설정이 걸려 있는 보스 몬스터들도 그냥 공격할 수 있는 거고.

'근데……'

거기서 끝이 아니었다. 단순히 공격 불가 설정을 뒤바꾸는 것에 그치지 않고, 상대 속성에 대한 상성 속성을 자동으로 설정해 준다.

'이 정도면 거의 AI 아냐?'

상대가 물 속성에 약하면 자동으로 물 속성으로 변경해서 공격하고, 악 속성에 약하면 자동으로 악 속성으로 변경해서 공격한다.

'평타로 속성 공격을 하는 거잖아?'

평타인데 모든 속성을 다 갖춘 공격을 한다는 얘기다.

상대에 따라. 적절한 속성을 알아서 선택하여 공격한다. 이 얼마나 똑똑한 무구란 말인가.

'가르샤의 창이랑 천벌의 단도랑도 같이 사용할 수 있고.'

그냥 사용하는 것도 모자라 가르샤의 창을 사용하면 공격력과 공격 속도가 3배 증폭된다.

'가르샤의 창에는 쿠낙 전투창술이 자동으로 입력되어 있으니까.'

그렇다면 고대의 창술인 사르페온 창술. 그러니까 쿠낙 전투창술을 무려 3배의 파괴력과 3배의 속도를 가지고서 사용할 수 있다는 얘기 아니겠는가.

'사기다.'

이 정도면 유리엘과 싸워도 지지 않을 것 같다.

'내가 클래스빨은 많이 느껴봤는데……'

사람들도 그런다. 절대악은 클래스빨이 장난 아니라고.

품위 있는 어투. 급식체를 공부하는 란돌 왕자는 '클래스가 지렸다'라고 표현한다.

'이건 이제 클래스빨이 아니라……'

란돌이 말했다.

"템빨이 오졌군요."

"……네."

"오져 버렸습니다."

란돌은 여전히 그 누구보다 기품 있는 모습으로 차를 마시며 '오졌따리'를 연발했다.

"란돌. 친구로서 말하는 건데…… 그거 별로 기품 있는 어투 아닙니다."

"알고 있습니다. 그러나 한국어 특유의 발음이 제게는 굉장히 기품 있게 들립니다."

한주혁은 이제 조금 걱정되기 시작했다.

파이라 대륙의 대부호이자 세계에 엄청난 영향력을 끼치는 위인 중 한 명인 란돌이 인터뷰 같은 것에 나가서 '오졌따리, 지렸다리'를 말하면 어찌 되겠는가.

란돌은 한주혁의 걱정을 읽고서 이렇게 말했다.

"공적인 자리에서는 사용하지 않을 것입니다. 걱정 마십시오. 급식체는 친밀한 관계와 신뢰할 수 있는 사람 사이에서만 사용할 수 있는 언어라고 배웠습니다."

"……."

음. 묘하게 핀트가 어긋난 거 같기는 한데, 어디서 저런 괴상한 지식들을 배워 오는 건지 모르겠다. 인터넷이 지식의 어머니인 건 맞는데, 좀 골라 배워야 할 거 같다.

한주혁의 마음을 아는지 모르는지 란돌이 이야기를 이어 갔다.

"저는 고국으로 돌아가야 할 것 같습니다."

대외적으로 알려지지는 않았지만, 피해자들이 속출하고 있다. 태르민의 정신 지배라고 짐작된다.

"일이 커지기 전에 수습하러 가야겠지요. 외신에서도 냄새를 맡은 것 같습니다."

란돌이 희미하게 웃었다.

"한국에서 당신을 만난 것은 일생일대의 행운이었습니다."

란돌은 진심으로 그렇게 생각했다. 인류의 역사가 실시간으로 뒤바뀌는 그 숨 막히는 현장에 함께했다고 느꼈으니까. 다른 사람은 어떨지 모르겠지만 란돌 그 스스로는 그때, 살아 있음을 느꼈다. 절대악과 함께하는 그 모든 순간이 그에게는 역사의 한순간이었다.

한주혁이 찻잔을 내려놓았다.

"마치 다시는 안 돌아올 사람처럼 말하네요?"

란돌은 한주혁의 몇 안 되는 친구 중 하나다. 방금 얻은 아이템에 대해서도 터놓을 수 있는 친구. 그런데 마치 작별 인사를 하는 것처럼 들려 마음이 편치 않았다.

"물론 아닙니다. 당분간은 한국에 들어오지 못할 것입니다. 절대악도 절대악의 일이 바빠 저희 쪽으로는 오지 못할 것이고, 근거리에서 이루어지는 우리의 우정은…… 당분간은 보류되어야 할 것 같습니다."

란돌은 마치 한국어가 모국어인 양 사용했다.

"물리적 거리가 가깝고 먼 것이 우리의 우정을 결정짓지는 않을 것입니다. 저는 절대악을 신뢰하고, 절대악이 저를 신뢰한다는 그 사실이, 신뢰를 바탕으로 한 끈끈한 관계를 구축하고 있다는 것이…… 바로 오지는 사실 아니겠습니까?"

"……많이 오지네요."

한주혁은 헛웃음을 짓고 말았다. 도저히 저 기품 있는 급식체는 적응이 안 된다.

겉모습만 보면 정말로 기품이 넘친다. 자신은 따라갈 수 없는 특유의 아우라가 있다. 저런 아우라를 가지고서 요즘 마무리는 꼭 '오진다' 혹은 '지린다'로 하고 있다. 란돌이 듣기에 저 발음이 귀족스럽다나 뭐라나.

란돌이 또다시 기품 있게 웃었다. 그러고는 세상만사의 모든 여유로움을 다 품고 있는 것 같은 여유로운 미소로 말했다.

"제가 도울 일이 있으면 연락 주십시오. 절대악을 향한 마음은 언제나 열려 있으니까."

한주혁도 어깨를 으쓱했다.

"저야말로. 파이라 대륙에 일이 있으면 연락 주세요. 저한테 연락이 안 닿으면 강재명 씨나 시르티안에게 연락하면 저한테 바로 연락이 될 거예요."

"든든하군요."

란돌은 알고 있다. 미국이나 러시아 등, 세계의 열강들이 한주혁과 친분 관계를 트고 싶어서 안달이 났다는 것을. 최근 러시아가 아공간을 여는 아티팩트를 절대악에게 선물하고서 신이 났다는 것도 안다.

그런 의미에서 란돌 자신은.

'나는 여러모로 축복받은 사람이구나.'

그렇게 느꼈다. 그러한 뇌물로 이어진 사이가 아니라 친분 관계로 이어진 사이니까. 란돌이 자리에서 일어섰다. 한주혁 앞으로 걸어와 한쪽 무릎을 꿇었다.

한주혁이 자리에서 벌떡 일어섰다.

"뭐, 뭐 하세요?"

란돌이 갑자기 왜 이러는지 모르겠다. 란돌은 한쪽 무릎을 꿇은 상태 그대로 한주혁을 올려다보면서 말했다.

"손을 내어주시겠습니까?"

"아니…… 그건 어렵지 않은데…….."

한주혁은 얼떨결에 손을 내밀었다.

아, 이거. 나도 일어서 있어도 되나? 왕족이 왜 무릎을 꿇어? 아니, 무릎을 꿇은 건 아니지만.

'와, 이거 엄청 불편하네.'

다른 사람도 아니고, 친구인 란돌이 갑자기 한쪽 무릎을 꿇다니.

뭘 하는가 싶었는데. 란돌이 한주혁의 손등에 가볍게 입술을 맞대었다.

그와 동시에 한주혁의 손등에서 노란빛이 새어 나왔다. 육 망성 형태의 마법진 모양이 한주혁의 손등에서 빛나다가 사라졌다. 마치 한주혁의 손등 속으로 파고든 것 같았다.

"왕가의 인장입니다. 제가 다스리는 대륙의 주요 워프 포탈 거점이 기록되어 있으며, 그곳으로 워프할 수 있는 권능이 주어집니다. 자세한 정보는 올림푸스에 접속하시면 자동으로 전해질 겁니다."

"……이런 게 있었어요?"

"왕가의 비밀입니다."

이곳은 현실이다. 현실에서 손등에 입맞춤을 통해 올림푸스 속 능력을 전이시킬 수 있다. 파이라 왕가의 비밀이란다.

'아이템을 통해 획득한 능력이겠지.'

역시 세상에는 모르는 게 많다. 파이라 왕가에 이런 능력이 있을 줄이야.

파이라 대륙은 선택받은 몇몇만이 들어갈 수 있는 신비의 대륙. 외국인들은 거의 들어갈 수 없는 곳이다. 그러한 곳으로 가는 루트를, 손등 키스 한 번으로 뚫을 수 있다니.

"감사합니다. 이 능력, 이주랑 씨가 부러워하겠는데요?"

그 어느 곳에 있든 파이라 대륙의 워프 포탈로 이동할 수 있는 것이라면, 파이라 대륙에 한해 워프 마스터인 이주랑보다도 더 뛰어난 워프 능력을 보유하게 된 것 아니겠는가.

그 말에 란돌이 무슨 소리냐는 듯 한주혁을 쳐다봤다.

"이주랑 씨에게는 1시간 전에 이미 줬습니다. 절대악의 편의를 위해."

그러고서 말을 이었다.

"어쨌든 저는 절대악을 신뢰합니다. 그리고 응원합니다. 세계의 역사가 절대악의 손에 달려 있다는 것을 직감합니다. 그무거운 짐을 함께 나누는 동반자로 생각해 주시면 고맙겠습니다. 부디 그 길을 외로이 혼자 걷지 마십시오. 옆에 한 명쯤 친구가 있다는 것을 기억해 주십시오. 절대악의 힘에 비하면 초라하겠지만, 저 역시 친구를 도울 정도의 힘은 충분히 갖추고 있으니까요."

가볍게 윙크했다.

"인정?"

한주혁은 올림푸스에 접속했다. 란돌의 말이 맞았다.

'이래도 되나 싶네.'

주요 워프 포탈의 정보와 좌표가 머릿속에 입력되었다.

이 정도면 기밀 지도를 넘겨준 것이라 해도 과언이 아닐 정도다. 이 워프 포탈을 토대로 하여 지도를 재구성하면, 파이라 대륙을 침략해도 될 정도였으니까.

'이 정도로 믿음을 받는다는 게······.'

어찌 보면 말도 안 되는 거다. 이성적으로 생각하면 란돌은 지금 해서는 안 될 짓을 했다. 원래는 그렇다. 그런데 기분이 묘했다.

'기분이 되게…… 좋네.'

괜스레 뭉클한 기분이 든다고나 할까. 사람과 사람 사이의 신뢰라는 그 가치가 결코 헛된 것이 아닌 것 같다는 기분이 잠깐 들었다.

'유리엘과의 약속 시간은 이제 4일 하고도 10시간가량.'

약속은 그 정도 남았다.

'그리고 발아된 혼돈수의 씨앗이 성장하는 데 4일하고도 20시간가량.'

유리엘과의 약속 시간과 혼돈수의 씨앗이 성장하는 시간 사이에 10시간 정도의 차이가 있다. 혼돈수의 씨앗이 성장하는 그 시간은 아예 시각적으로 표시되고 있는 중.

'그러면 나는…….'

성족의 증표 3개도 다 모았겠다.

'황금사자상으로 이동을 해야 되나?'

4일이란 시간. 조금 애매할 수 있었다.

'유리엘과의 결투는 파투 내도 돼.'

그건 꼭 안 해도 된다. 파투 낸 뒤에는 데미안을 꼭 데리고 다니거나, 어떤 수를 쓰기는 해야겠지만. 애초에 지킬 생각도 별로 없었다.

'그건 그렇다 치고.'

유리엘과의 약속은 그렇다 치더라도, 발아된 혼돈수의 씨앗이 성장하는 그 순간에는 중앙 제단에 있어야 할 것 같다.

괜히 황금사자상에 갔다가 4일의 시간이 초과되어 버리면 불이익이 생길 것 같다.

'아예 성장시키고 난 이후에 들어가는 게 안정적이겠지?'

약간의 고민을 하고 있을 때, 한주혁에게 갑자기 퀘스트 알림이 떴다.

-퀘스트. '마지막 초대'가 활성화됩니다.

아무런 전조 증상 없이 갑자기 나타난 퀘스트.

'이게 뭐야?'

퀘스트창을 열어보니 퀘스트의 주체는 데미안이었다.

<마지막 초대>

마계 서열 1위의 데미안이 계약 상위주체를 초대하고 싶어 합니다. 데미안은 악마의 대저택 5층에서 당신을 기다리고 있습니다.

한주혁은 고개를 갸웃했다.

'뭔가 이상하기는 하네.'

보통 데미안이 한주혁에게 연락을 하고 싶으면 귓말을 하거나 시르티안을 통해 연락한다. 시스템 퀘스트의 형식을 빌려 이렇게 거창하게 초대를 하지는 않는다.

'마지막 초대라.'

유리엘과의 전투. 그리고 혼돈수의 씨앗이 자라기까지 남은 시간은 약 4일가량.

'여기부터 갔다 오자.'

이 '마지막 초대'에 응하는 데에 그렇게 오랜 시간이 필요할 것 같지는 않다. 황금사자상을 찾아 떠나기에는 시간이 조금 애매하다. 이것부터 해결하기로 했다.

한주혁은 지체 없이 악마의 대저택으로 향했다.

'뭐지?'

악마의 대저택은 전에 없던 을씨년스러움이 감돌았다.

'1층에…… 아무것도 없어.'

처음 이곳에 들어섰을 때. 득달같이 달려들던 하녀와 집사들이 없었다.

'아……:'

그런데 그 이유를 알 수 있었다.

'목이 베어져 있어.'

목이 베어진 상태로 계단에 놓여져 있다. 보통 이런 괴랄한 장면은 연출되지 않는다. 이렇게 굳이 연출되었다는 것은 시스템적으로 어떤 큰 의미가 있다는 얘기다.

목이 베어진 하녀와 집사들의 머리에 관한 설명을 활성화시킬 수 있었다.

'설명 활성화.'

<하녀의 수급>

악마의 대저택 1층을 관리하던 하녀입니다. 미련이 없어 보입니다.

계단 왼쪽에는 하녀의 수급이, 오른쪽에는 집사의 수급이 놓여 있었다.

<집사의 수급>

악마의 대저택 1층을 관리하던 집사입니다. 행복해 보입니다.

설명이 조금 이상했다.

'미련이 없고 행복해?'

일단 설정상 저들은 억울한 죽음을 당한 건 아닌 것 같다. 2층에도, 3층에도, 4층에도 아무것도 없었다. 몬스터가 전부 사라졌다. 모두 비슷한 설명. 비슷한 모습으로 계단에 머리가 놓여져 있을 뿐.

'느낌이 안 좋네.'

설마 5층에 올라갔는데 데미안의 머리가 놓여 있다거나. 그런 건 아니겠지. 괜스레 불안해졌다. 데미안은 한주혁이 가진 최후, 최고의 패 아닌가.

-악마의 대저택. 5층에 진입하시겠습니까?
-악마의 대저택. 5층에는 특별한 진입 조건이 필요합니다.
-'마지막 초대장'이 필요합니다.
-자격 없는 자가 입장 시, 99.99퍼센트의 확률로 사망합니다.

한주혁은 어깨를 으쓱했다.

데미안이 작정을 한 것 같다. 한주혁 자신을 제외한 그 누구도 이곳에 올라오지 못하도록 보스 몬스터 존을 설정해 놓은 것 같았다.

'뭘 하려고 이렇게 거창해?'

한주혁은 5층에 입장했다.

5층의 필드가 조금 변해 있었다. 사실상 사냥이 불가능한 보스 몬스터라 할 수 있는 데미안이 기거하는 곳. 몬스터 존이 아닌, 일반적인 형태의 방으로 바뀌어 있었다.

'카펫이 깔려 있고……'

벽면에는 마법횃불이 타오르고 있었고, 방 안에는 붉은색 소파와 티 테이블도 놓여 있다.

'티 테이블?'

티 테이블 위에는 둥그런 그릇이 하나 놓여져 있었는데, 그 안에는 투명한 물이 가득 차 있었다.

'다행히 데미안의 머리는 없네.'

혹시나 싶어 둘러봤는데 그런 것 같지는 않았다.

그때, 한주혁이 소파에 앉은 누군가를 발견했다.

"데미안."

아까까지는 분명 없었는데 붉은색 소파에 데미안이 모습을 드러냈다. 데미안이 자리에서 일어섰다.

"내 초대에 응해줘서 고맙군."

"대저택이 많이 바뀌었는데?"

"마지막 인사를 하고 싶어서. 많은 것들을 정리했다."

한주혁이 고개를 갸웃했다.

"마지막 인사?"

갑자기 무슨 뜬금없는 마지막 인사란 말인가. 그때, 한주혁에게 퀘스트창이 업데이트되었다.

-퀘스트. '마지막 초대'가 클리어되었습니다.
-퀘스트. '마지막 초대'가 퀘스트. '마지막 인사'로 변경됩니다.

<마지막 인사>

마계 서열 1위의 데미안은 모든 것을 이루었습니다. 데미안은 생명 연장에 미련이 없습니다. 모든 것을 이루었으니 홀가분하게 떠나려 합니다. 데미안의 마지막 인사를 받으십시오.

퀘스트의 난이도 자체는 높지 않았다. 그냥 와서 인사만 받으면 된다.

'아니, 그래도 이건 아니지.'

퀘스트창이 업데이트됨에 따라 새로운 정보들이 한주혁에게 밀려들었다.

'마족은…… 원래 저런 종족이구나.'

마족에 대한 정보가 업데이트되었다. 마족은 '자신이 목표한 일'을 이루었으면 그 이후 세 가지 정도로 삶을 마무리한다고 한다.

1. 모든 것을 이루었으니 자의로 죽는다.
2. 다른 마족과의 서열전에서 사살당한다.
3. 자의로 죽되 자신의 정수를 타인에게 남긴다.

보통은 이 세 가지 중 하나를 선택한다고 한다.

'아니, 이게 무슨 개똥 같은 경우야?'

인간과는 완전히 다른 사고방식을 갖고 있다. 인간은 무엇인가를 목표하고, 그것을 이루고 나면 또 다른 목표가 생기게 마련이다. 그런데 시스템 정보를 통해 받아들인, 마족에 대한 정보는 완전히 달랐다.

'얘네는 뭐 달성하면 죽는 게 일상이네?'

데미안의 경우는 서열 1위의 자리에 오르는 것. 그리고 마족 카르티안을 척살하는 것. 그 두 개였던 것 같다.

'1층부터 4층의 몬스터들은…… 주인의 마음을 읽고 스스로 죽여달라 간청했고.'

이 '악마의 대저택'이라 이름 붙은 곳은 조만간 '악마의 흉가'로 변할 예정이다. 그러한 정보들이 물밀듯이 밀려들어 왔다.

"계약 상위주체여. 내 피의 맹약자여. 나는 이제 내가 원래 있어야 할 곳으로 돌아가려 한다."

그곳은 마계가 아니다. 자신의 목표를 이룬 마족에게 '원래 있어야 할 곳'은 죽음을 뜻한다.

'아이 진짜.'

그러고 보니 카르티안을 처음 죽이고 데미안이 내려주었던 퀘스트인 '데미안의 강력한 염원'을 클리어했을 때. 데미안은 이렇게 말했었다.

"나는 이제 모든 것을 이루었다. 그러나 마족으로서의 자긍심도 버렸다. 그러니 이제는 나도 이 세상에서 사라지는 것이 옳다."

그때에 한주혁은 데미안을 이렇게 말렸었다.

"지금의 마계는 성족의 더러운 손길이 녹아들어 있다. 성족에게 짓밟히는, 그 역사를 또다시 반복할 셈인 것인가?"

한주혁은 '피의 맹세'를 들먹이면서 데미안의 죽음을 절대로 허락하지 않겠다고 엄포를 놓았었고, 당시 데미안은 '농담이다'라고 답했다. 전혀 농담 같지 않은 태도였지만 어쨌든 그때는 농담으로 넘어갔었다.

'농담이 아니었어.'

농담으로 넘어갔지만, 농담이 아니었던 것 같다.

'아이템을 사용하면서…….'

더 이상 마족이 성족에게 농락당할 일은 없을 거라고 판단한 것 같다.

종족 값 자체만 놓고 보자면, 마족은 성족보다 강하다. 데미안은 그렇게 생각했고, 아이템을 사용하기 시작한 마족은 성족에게 지지 않는다는 최종 결론을 내린 모양이다.

'결국 최종 결론을 내렸고. 이제는 자기도 죽으려는 것 같네.'

보아하니 마지막 인사라는 것은 한주혁에게 정말로 작별 인사를 하려는 것 같다. 그리고 그 작별 인사에는 계약 상위주체에 대한 보상도 포함되어 있고.

3. 자의로 죽되 자신의 정수를 타인에게 남긴다.

'그러니까 데미안은 자신의 정수를 넘기고 죽으려는 거야.'

그 정수를 자신에게 주려는 모양인 것 같다.

'아직은 때가 아닌데.'

아직 아니다. 카르티안의 정수조차도 완벽하게 흡수하지 못했다. 카르티안의 정수가 가지고 있는 마족의 힘을 조금이라도 더 제 것으로 만들기 위하여, 최후의 성전 엘탄에서 사냥한 라팔의 정수까지 흡수했다.

그것을 통해 한 단계 더 발전했었다.

'지금도 마기와 성력의 비율이 안 맞아.'

제법 상급 성족이었던 것 같기는 하지만 보스 몬스터 라팔은, 카르티안에 비하면 약한 성족이었다. 아직 성족의 힘이 더 필요하다. 이 상태에서 데미안의 정수까지 먹는다?

'그럼 진짜 폭주해서 죽는다.'

한주혁이 데미안을 잠시 쳐다보았다.

'인간이 나이 먹으면 죽듯이.'

마족이 무엇인가를 제대로 이루어내면 죽는다. 그건 마족에게 있어서 숨을 쉬는 것만큼이나 자연스러운 자연의 섭리인 듯했다. 인간의 상식과는 많이 동떨어져 있기는 했지만.

'데미안을 막을 수는 없어.'

자연스럽게 죽는다. 그렇지만 한주혁은 데미안을 놓아주고 싶지 않았다.

일단 강수를 뒀다.

"데미안. 내게 마지막 인사를 하기에는 너무 염치없다고 생각하지 않나? 그렇게 파렴치하고 은혜를 모르는 쓰레기였나?"

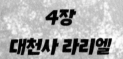

4장
대천사 라리엘

　한주혁은 준비에 박차를 가했다. 시르티안이 감탄했다.

　"주군의 계략을 감히 측량할 수가 없습니다."

　사람이 급하면 다 하게 돼. 그 말은 하지 않았다. 지금 한주혁은 일반적인 플레이어들과는 완전히 다른 레이드를 준비하고 있다.

　'할 수 있을 것 같다.'

　보통 일반적인 레이드는 플레이어가 던전을 찾아가는 형식이다. 던전이든, 보스 몬스터 존이든. 어딘가로 찾아가서 그곳에 존재하는 보스 몬스터를 사냥하는 것이 일반적인 레이드의 형태다. 그런데 이번에 한주혁이 하려는 것은 반대였다.

　'할 수 있는 건 전부 준비하자.'

　한주혁은 이번에 자신의 필드에 보스 몬스터를 소환해 낼 생각이다. 한주혁에게는 세계 12대 초인의 아이템 중 하나인 '랜튼의 깃털'이 있으니까.

<랜튼의 깃털>

세계 12대 초인 중 한 명인 랜튼이 최상급 성족 라리엘에게 선물 받은 8번째 날개의 깃털.

등급: 신

사용 횟수: 3회

+상세설명

상세설명에 따르면 성족을 이끄는 4명의 천사들 중 한 명. 라리엘을 소환할 수 있다고 되어 있다.

한주혁은 그 라리엘을 사냥하여 정수를 얻어낼 생각이다.

-푸락셀. 라이폰들 사육은 잘 되고 있겠지?

-물론입니다, 형님! 펫 1호! 푸락셀! 아주 잘되고 있습니다!

성족들이 두려워하는 몬스터. 라이폰들을 대량으로 키워낼 여건도 갖추어졌다. 라이폰의 먹이라 할 수 있는 필라덴피아는 정력제인 '갈렉'을 먹이 삼아 증식했고, 덕분에 라이폰의 대량 사육이 가능해졌다.

라이폰은 물론이거니와 데미안도 이 레이드에 함께할 예정이다.

혹시나 마음이 바뀔까 싶어 한주혁이 말했다.

"데미안. 나야말로 마지막 부탁이다. 피의 맹약자로서. 간곡히 부탁한다."

"……."

데미안의 퀘스트. '마지막 인사'는 잠시 보류되었다. 혹시나 싶어 다시 말했다.

"갈 때 가더라도. 은혜는 갚고 가야 하는 것 아니겠는가? 네 평생소원을 위하여 내가 온몸을 불살랐던 것을 기억해 주면 좋겠군."

데미안의 평생소원을 위해 그랬던 건 아니지만, 어쨌든 결과론적으로는 그렇다.

그 말에 데미안이 고개를 끄덕였다.

"그대의 말이 맞군. 은혜를 갚겠다."

준비가 되어간다.

대량의 라이폰 부대. 마계 서열 1위의 데미안. 그리고 힐스테이의 12장로들. 한세아의 특수 스킬인 부활 권능.

'이번에 새로 얻게 된 영웅의 장갑.'

그 영웅의 장갑을 잘만 활용하면, 강력한 쿠낙 전투창술은 물론이거니와 델리트 기능이 포함된 천벌의 단도까지 유용하게 사용할 수 있다. 설정 무시 효과도 상당히 도움이 될 거고.

'거기에 심검과 꼬꼬 정도면.'

대천사 라리엘도 사냥하여 정수를 뽑아낼 수 있을 것 같다. 사냥 장소는 에르페스의 눈에 띄지 않는 숨겨진 필드, 힐스테이.

이 모든 것이 준비되는 데 24시간의 시간이 필요했다.

시르티안이 말했다.

"주군. 모든 준비가 끝이 났습니다."

그런데 그때. 한주혁이 무엇인가를 떠올렸다.

'어. 그러고 보니……?'

놓치고 있던 것이 있었다.

한주혁은 '랜튼의 깃털'을 사용해서 대천사라 불리는 라리엘을 소환하려고 했다.

'그런데…….'

소환을 잠시 뒤로 미루기로 했다.

"데미안. 너와 대천사가 일대일로 싸우면 어떻게 되지?"

"정정당당하게 무력으로만 겨루는 것을 말하는 것인가?"

한주혁이 고개를 끄덕였다.

"대천사가 정확히 어떤 것인지 모르겠지만 천사들 중 가장 강력한 개체라면 한 번에 2개체 정도는 상대할 수 있을 것 같군."

"아이템 없이?"

"내 순수 능력으로만 싸우면 그럴 것 같다."

순수 능력. 그러니까 절대악(이제는 절대자지만)의 특별한 버프혹은 아이템의 도움 없이 그냥 맨몸으로 싸우면 대천사를 두명까지는 한 번에 상대할 수 있단다.

"내가 네 정수를 먹게 된다면…… 나는 카르티안의 정수와 데미안의 정수. 두 개의 최상급 마족의 정수를 먹게 되는 것이 겠지?"

"물론 그렇다."

한주혁은 랜튼의 깃털 상세설명을 활성화시켰다.

<상세설명>

성족을 이끄는 4명의 천사들 중 한 명. 라리엘의 깃털입니다. 성력이 높은 밀도로 담겨져 있는 8번째 깃털에 라리엘이 스스로의 생명을 불어넣었습니다. 라리엘의 깃털은 라리엘의 인정을 받았던 랜튼에게 주어졌으며, 랜튼은 이 깃털을 사용하여 라리엘을 소환할 수 있었다고 전해집니다.

'성족의 이끄는 4명의 천사.'

라리엘은 그중 하나.

'데미안이 둘을 한 번에 상대할 수 있다면, 비슷한 능력치를 가지고 있었던 카르티안도 둘을 한 번에 상대할 수 있겠지.'

단순하게 계산한다면.

'데미안과 카르티안의 힘을 합치면 라리엘급 천사 넷의 힘을 합친 것과 비슷한 수준.'

만약 데미안의 정수와 카르티안의 정수를 섭취한다고 했을 때, 적절한 조화를 이루기 위해서는 그에 버금가는 성족의 정수. 그러니까 네 명분에 해당하는 정수를 먹어야만 하는 게 아닐까. 그래야만 제대로 된 조화의 힘을 사용할 수 있는 것 아니까.

한주혁이 말했다.

"잠시 계획을 중지한다."

시르티안은 한주혁의 결정에 토를 달지 않았다.

"알겠습니다."

한주혁은 일단 힐스테이에서 벗어났다.

다행인 것은, 자신은 절대악임과 동시에 적대악이라는 것. 그 사실은 에르페스 제국도 눈치채지 못했다. 절대악으로 보고자 하면 절대악으로 보이고, 적대악으로 보고자 하면 적대악으로 보인다. 조화의 힘. 혼돈의 힘을 가지고 있으니까.

천세송이 물었다.

"오빠. 어디로 가는 거야?"

"침묵의 초원으로 갈 거야."

워프 마스터인 이주랑도 함께했다.

"침묵의 초원으로 이동하겠습니다. 알려주신 좌표에 의하면, 이전에 아서 님께서 진입하셨던 '지하 땅굴'을 지나, 최종 목표인 '성스러운 무덤'으로 향하는 것이 맞습니까?"

"맞아요."

예전 한주혁은 마렌을 데리고서 유배지라 할 수 있는 '우크라'로 향했었다. 그 와중에 갈렌티아가 청소를 진행했었던 침묵의 초원을 지난 적이 있다. 그곳은 세인트 로드, '엔드라움'이 잠들어 있던 '성스러운 무덤'으로 향하는 길이기도 했다.

천세송이 다시 물었다.

"성스러운 무덤으로 가는 건 어떤 이유야?"

"세인트 로드의 무덤이니까."

세인트 로드의 무덤에는 '특별한 관'이 존재한다. 이 특별한 관을 여는 것에는 특별한 자격이 존재했었다.

-성 속성의 클래스/칭호를 가진 자만이 '특별한 관'의 선택을 받을 수 있습니다.

특별한 관의 선택을 받았던 한주혁은 성스러운 무덤에 들어갔을 때에 만날 수 있었다.

"가짜 천사 라리엘이 존재했었거든."

구더기로 이루어져 있던, 세인트 로드를 주인님이라 부르던 가짜 천사 라리엘.

'생각해 보면 그때 라리엘은 나와 굉장히 흡사한 능력을 구사했었어.'

라리엘은 등 뒤로 창 7개를 소환해 냈었다.

'그때, 라리엘과 싸우면서 내 마성격이랑 같다고 생각했었지.'

지금 생각해 보면 이상한 일이 아니다. 당시 마계의 일인자였던 카르티안도 성족과 결탁했었다. 성족들은 아마 변절한 마족들에게서 그 힘을 이어받았을 것이다.

'세인트 로드 엔드라움은 마족의 힘을 이어받은 성족의 선택을 받았던 인간이고.'

그 모든 것들이 한주혁에게 단서를 던져주고 있었다.

"성족은 마족에 비해서 훨씬 약해."

그렇기에 마족과 결탁해야 했고, 마족의 힘을 이어받아야만 했다. 그도 모자라 인간들까지 이용해야 했다.

'이제야…… 좀 알겠네.'

그때는 왜 그런 건지 몰랐다. 마성격과 왜 같은 느낌을 받았던 건지. 근본은 성력인데 어째서 공격의 형태가 자신과 비슷했던 것인지 알 수 있었다.

"스스로의 힘으로 마족을 이길 수 없었던 성족은 인간들을 끌어들였고, 몇몇 마족들도 회유했어."

한주혁이 데미안을 떠올렸다.

"마족들은 분명히 강했지만, 쓸데없이 우직했거든. 좋게 말해 우직한 거고, 나쁘게 말해 돌대가리."

더 나쁘게 말하자면 힘만 센 멍청이들.

"개중 몇몇 마족들이 성족에게 이용당한 것 같아. 자신이 비교적 똑똑하다고 생각하는 마족들. 그렇지만 마계 서열 최상위의 포식자는 아닌 어중간한 마족들 말이야."

성족의 도움 없이는 마계 서열 1위가 될 수 없었던 카르티안 같은 마족들 말이다. 한주혁은 '성스러운 무덤'을 클리어하고서, 성력과 관계된 아이템도 아닌 '벨리칸의 깃털'을 얻었었다.

'성스러운 무덤'과 마계로 가는 문을 여는 '벨리칸의 깃털'은 아무런 연관도 없는 것 같았지만 분명 연관이 있었다.

"아까 말했던 것처럼, 결국 이 모든 것들은 성족들은 정면 승부로는 마족을 이길 수 없었다는 것을 의미하는 거겠지."

"아……."

천세송이 고개를 끄덕였다.

"성좌 퀘스트 던전인 성스러운 무덤에서 마계와 관련된 아이템이 나온 것이 우연이 아니었다는 소리가 되는 거네?"

어쩌면 과거 마계 서열 1위의 카르티안도 성족의 능력 없이는 데미안을 이길 수 없었을지도 모른다. 거기까지 이해한 천세송은 잠시 생각에 빠져들었다.

'성좌 퀘스트 던전에서 벨리칸의 깃털이 나왔고…… 그로 인해서 마계로 가는 문이 열렸어. 이후에 등장했던 마계 서열 1위의 카르티안은 사실 성족과 계약을 맺은 변절자였고.'

그렇다면 이 얘기는 결국.

'원래 성좌들도 이후에는 마족들의 힘을 쓰게 됐을지도 모른다는 소리일까?'

변절자를 대표한다 할 수 있는 카르티안과 성좌들이 결탁했다면? 그것이 원래 성좌들의 역할이었고 올바른 클리어 방향이었다면?

'아……'

그랬다면 한주혁의 플레이가 굉장히 어려워졌을지도 모를

일이다. 제국, 성족에 이어 일부 마족들까지도 적으로 돌렸을 테니까. 한주혁에게 데미안이 있다면 성좌에게는 카르티안까지도 든든하게 버티고 있었을 테니까.

'오빠한테는 거의 최악의 시나리오였겠네.'

성좌들이 정말로 똑똑했고 오빠 정도의 플레이 센스를 가지고 있었다면 지금의 세계는 이미 그들의 것일지도 몰랐다.

생각을 마친 천세송이 말을 이었다.

"근데…… 내가 방금 생각해 봤는데, 사실 성좌들이 하던 것을 적대악 앤서가 이어받은 거잖아?"

성좌들은 도태되어 무너졌다. 절대악에 의해 완전히 망가졌다. 재기는 꿈도 꿀 수 없다. 대신 적대악 앤서가 힘을 얻기 시작했다. 절대악을 견제하기 위해서.

한주혁이 씨익 웃었다.

"맞아. 그러니까 나는 성좌의 플레이를 이어받은 적대악으로서 성스러운 무덤을 찾아가고 있는 거야."

그곳은 어찌 됐든 성족의 선택을 받은 인간이 성족과 교류가 있었던 곳이라 할 수 있으니까.

"그곳이 성 속성 시나리오들의 교집합이니까."

성좌들이 제대로 플레이를 하고 있었다면, 그곳에서 커다란 단서와 힘을 얻을 수 있었던 곳이기도 하니까.

'그곳에서 라리엘을 소환하고 친분을 다진다.'

라리엘만이 목표가 아니다. 네 명의 대천사, 그들이 목표다.

완벽한 조화의 힘을 얻기 위해서다.

'라리엘을 소환할 수 있는 횟수는 세 번.'

세 번 내에, 라리엘의 신뢰를 얻어내야 한다. 그래서 다른 대천사들을 불러 모아야 한다. 그들의 정수를 손에 넣고, 데미안의 정수까지 손에 넣으면 진정한 절대자로 거듭날 수 있을 거다. 여태까지의 힘은 어린아이의 장난 수준이라고 봐도 될 정도의 힘을.

그래서 성스러운 무덤으로 향했다.

한주혁은 성스러운 무덤, 그곳에 혼자 들어갔다.

그리고 대천사 라리엘을 불러냈다.

-랜튼의 깃털을 사용하시겠습니까?

-랜튼의 깃털을 사용하여 대천사 라리엘을 소환합니다.

성스러운 무덤. 주인이 사라져 비어버린 관이 조금씩 사라지기 시작했다. 어느샌가 이곳을 가득히 덮은 따스한 햇볕에 모든 것이 녹아 없어졌다.

쏴아아아-!

하늘로부터 빛 기둥이 쏘아졌다.

따스한 황금빛. 보드라운 손길 같은 그 빛이 봄바람처럼 주변에 흩어졌다.

봄바람 같은 포근함을 머금은 황금빛 마나가 옅어지기 시작했다. 커다란 빛 기둥 안에서 8장의 날개를 가진 누군가가 모습을 드러냈다.

"결국…… 이 자리까지 왔군요. 악을 멸하는 자여."

예전에 봤었던 라리엘과 전체적으로 비슷한 느낌이기는 했다. 작고 하얀 얼굴. 깃털로 이루어진 기다란 귀. 가냘픈 체구. 하얀색 기운이 깃든 하얀색 수녀복.

외모는 비슷했지만, 존재감은 완전히 달랐다.

'그때와는 비교가 안 되네.'

빙그레 웃고 있는 저 여자. 라리엘은 숨 막힐 정도로 아름다운 미소를 짓고 있지만, 그 미소가 마냥 따뜻하기만 한 건 아니었다.

'중압감.'

존재 자체로 중압감을 주변에 흩뿌리고 있다. 몸이 무거워진 것 같았다. 카르티안, 데미안과는 또 다른 느낌의 중압감이었다. 그들의 중압감이 말초적인 공포를 자극한다면, 라리엘이 내뿜는 중압감은 경외에 가까운 느낌을 자극했다.

한주혁이 말했다.

"대천사 라리엘. 당신의 도움이 절실히 필요합니다."

성족의 정수를 주세요. 한 개 말고 네 개만요.

"어떤 도움이 필요하죠? 악을 멸하기 위해서라면 나는 어떤 것이든 당신을 도울 준비가 되어 있어요."

"성족인 당신이 아실지 모르겠지만, 이 땅에는 절대악이라는 불멸자가 나타나 세상을 어지럽히기 시작했습니다."

"절대악…… 들어본 것 같아요."

인간들과의 커넥션이 아직도 있는 건지는 모르겠다. 있다면 에르페스 쪽이겠지.

"그에 맞추어 마족들이 준동하고 있습니다. 절대악은 그 마족들을 선동하여 마족들에게 커다란 힘을 부여하고 있어요."

라리엘이 가볍게 인상을 찡그렸다.

"인간이 마족에게요?"

해석하자면 '인간 따위가 어떻게 마족에게 큰 힘을 줄 수 있겠느냐?' 정도 되겠다.

"인간들의 문명인 아이템을 마족들에게 뿌리고 있다고 들었습니다."

"잠깐."

라리엘의 표정이 진지해졌다. 랜튼의 깃털을 손에 넣은 운 좋은 플레이어 하나가 자신을 소환한 줄 알았더니 그게 아닌 듯했다.

"마족들이…… 아이템을 사용한다고요? 그 콧대 높은 얼간이들……? 그건 말도 안 되는 일이에요."

"데미안에 의해 카르티안이 죽었거든요. 데미안이 절대악의 힘을 등에 업고, 아이템까지 사용해 가면서 카르티안을 죽였습니다. 서열 1위의 변화가 곧 마계 전체에 퍼지기 시작했죠. 마족들은 이것을 아이템 혁명이라고 부르기도 합니다."

"……."

라리엘이 입을 다물었다.

-'진실의 눈'이 당신을 탐색하기 시작합니다.

데미안과 비슷한 능력이 라리엘에게도 있는 것 같았다.

한주혁은 조금 긴장했다. 진실의 눈이 어느 정도의 능력을 가지고 있을지 모르니까. 적대악으로 보이는 자신의 실체를 간파할 수도 있지 않을까.

라리엘이 잠시 눈을 감았다.

"이상한 것이 한두 가지가 아니에요."

라리엘이 눈을 떴다. 땅이 부르르 떨리기 시작했다.

한주혁은 거대한 중력파가 자신을 짓누르고 있다고 느꼈다. 엄청난 중압감이다. 그러나 견디지 못할 정도는 아니었다. 이미 한주혁은 데미안과 카르티안을 경험했으니까.

"진실의 눈으로 간파할 수 없는 인간은 처음이네요."

라리엘의 얼굴에서 미소가 사라졌다.

"그러한 인간을 내가 믿어야 할 이유가 있을까요?"

"……."

랜튼의 깃털은 라리엘을 소환시킨다. 그러나 어떤 특별한 계약을 맺게 해주지는 않는다. 다시 말해 모습을 드러낸 라리엘이 소환자를 죽일 수도 있다는 얘기가 된다.

"당신은 분명 적대악이죠. 그런데 어떻게 저쪽의 일을 이렇게 잘 알고 있는 걸까요? 마족의 일을 어떻게 그렇게 소상하게 알고서 내게 도움을 요청할까요?"

한주혁이 저항하려고 한 건 아니다. 파천심공과 세인트 마나 컨트롤이 외부의 기운에 저항했을 뿐.

"내가 당신을 믿을 수 있는 증거를 대보세요."

라리엘의 뒤에 수천 개의 하얀색 창이 생겨났다. 가짜 라리엘이 만들어낸 7개의 창과는 완전히 다른 차원의 능력이 한주혁의 눈앞에 펼쳐졌다.

"그렇지 않으면 당신, 죽어요. 감히 나를 소환하여 기만한 죄로."

그때 한주혁이 씨익 웃었다. 그리고 라리엘은 전혀 생각지도 못했던 말이, 한주혁의 입으로부터 튀어나왔다.

한주혁이 아무런 준비도 없이 라리엘을 소환한 것은 아니었다. 약 1시간 전. 이주랑과 함께 '침묵의 초원'으로 향하기 전, 한주혁은 시르티안에게 명령을 내렸었다.

"시르티안. 마족의 뿔을 얼마나 모았지?"

"현재 300여 개 정도 됩니다. 모두 피의 맹세를 맺었습니다."

"생각보다 많군."

벌써 300개를 돌파했다. 그 콧대 높고 긍지 높은 마족들이 아이템에 자신의 뿔을 팔았다. 그리고 시르티안과 계약했다.

말하자면 한주혁의 하청이 시르티안이고, 그 하청이 마족이다.

"모두 가져와."

"알겠습니다."

한주혁은 마족의 뿔 300개를 인벤토리에 담았다. 그리고 데미안에게 요청했다.

"데미안. 내게 초대장을 새로 써줄 수 있나?"

NPC로 치자면 최상급 NPC. 한주혁에게 퀘스트를 내릴 수 있는 데미안이다. 그 내용은 데미안이 정한다.

"초대장?"

데미안이 진지한 얼굴로 말했다.

"거짓을 서술하는 것이라면 아무리 계약 상위주체의 부탁이라 해도 들어줄 수 없다."

한주혁이 고개를 끄덕였다.

하여튼 고지식하기는. 거짓말을 해달라고 할 생각은 애초에 없었다.

"적대악을 초대한다고 해줘. 절대악과 함께 카르티안의 죽음을 눈앞에서 목격한 나를 초대한다고. 데미안 네 죽음을 보고 싶다면 언제든지 찾아오라고. 악마의 대저택 5층에서 기다리겠다고."

데미안은 잠시 생각에 빠졌다.

'절대악은 곧 적대악.'

그러니까 첫 번째 문장은 거짓이 아니다.

'절대악과 함께 카르티안의 죽음을 직접 눈으로 본 것도 진실.'

왜냐하면 절대악도 한주혁이고 적대악도 한주혁이다. 둘 다 카르티안의 죽음을 목격했다.

둘 다 한 사람이라는 게 함정이기는 했지만.

'내 죽음을 보고 싶다면…….'

애초에 자신은 죽을 작정이었다. 그 자신은 마족이고 생사 유무에 그다지 연연하지 않는다. 자신이 생각했던 모든 것을 이루고 나면 죽는 것이 당연한 이치이자 섭리다.

'찾아오라는 것도 내 본래의 목적과 일치한다.'

그리고 마지막. 악마의 대저택 5층에서 기다리고 있겠다는 것.

'모든 말들이…… 묘하게 진실이군.'

한주혁의 말에 거짓은 없었다. 마족의 자존심을 굽히고 거짓말을 할 필요가 전혀 없었다.

"그렇게 새로 작성해서 보내도록 하지."

"오케이."

한주혁은 새로운 초대장을 받았다. 한주혁의 요청대로 새로이 작성된 초대장을.

한주혁은 그것을 받아 들고 다시 한번 확인했다.

'퀘스트의 본질은 전혀 달라지지 않았어.'

본질은 같다. 데미안의 죽음은 기정사실이다. 그것을 어떻게 바꿀 수는 없다. 그것을 보러 악마의 대저택에 가는 것도 사실이다. 거짓은 없다.

그래서 한주혁이 말했다. 라리엘을 똑바로 응시하면서.

"카르티안이 억울하게 죽는 그 순간에, 저도 함께 있었습니다. 비겁하게도…… 절대악과 데미안이 힘을 합쳐 카르티안을 죽였습니다."

주먹을 불끈 쥐었다. 마치 굉장히 분노한 것처럼 보였다.

"아마도 제가 가진 특수 능력 때문에 진실의 눈이 발동하지 않은 것 같은데…… 그 능력을 최대한 낮춰보겠습니다. 그러나 완벽하게 컨트롤할 수는 없습니다. 플레이어들은 그 능력을 자유자재로 활용할 수 없습니다. 시스템을 통해 제어되기 때문이죠."

라리엘이 의심스러운 눈으로 다시 한번 '진실의 눈'을 사용했다.

한주혁에게 알림이 들려왔다.

-'진실의 눈'이 당신을 탐색하기 시작합니다.
-플레이어의 의지에 따라 '세인트 마나 컨트롤'과 '파천심공'의 저항이 다소 줄어듭니다.

예전 한주혁은 세인트 마나 컨트롤을 통해 마법을 조절하는 법을 배웠었다. 마치 NPC처럼 말이다.

NPC처럼 완벽하게 조절할 수는 없지만 세인트 마나 컨트롤과 파천심공의 능력을 일정 부분 약화시키는 것 정도는 가능했다.

-'진실의 눈'이 '진실'을 파악합니다.
-'진실'을 파악한 '진실의 눈'이 사라집니다.

라리엘의 표정이 한결 부드러워졌다.

한주혁이 힘을 주어 말했다.

"절대악과 데미안이 카르티안을 죽이던 그 당시. 데미안은 적대악인 저를 죽이지 않았습니다."

"그렇겠죠. 데미안은 자만심으로 똘똘 뭉친 마족이니까."

결국 그 자만심이 마족 전체를 구렁텅이로 몰아넣었지만요. 라리엘이 그렇게 말하지는 않았지만, 한주혁은 그런 말을 들은 것만 같았다. 옅은 미소 속에, 두터운 살기가 느껴졌다.

'데미안을 증오하는 것 같네.'

한주혁이 말했다.

"저는 성스러운 무덤에서 벨릭칸의 깃털을 얻었고, 그에 따라 마계로 가는 문을 활성화시킬 수 있었습니다."

라리엘이 한주혁의 말을 경청했다.

"그곳에서 저희는 수많은 마족을 사냥할 수 있었죠. 강한 마족은 불가능했지만……. 하급 마족 정도는 충분히 잡을 수 있었으니까요. 마족들의 소식은 거기서 얻을 수 있었습니다."

그러고서 한주혁은 300개의 뿔을 내밀었다.

"또한 이것은 마족의 뿔입니다."

마족의 뿔은 일생에 두 개만 자란다. 라리엘이 한주혁을 다시 쳐다봤다. 의외라는 듯한 눈길이었다.

"인간 중에서 굉장히 강하다고 생각은 했지만……. 이 정도일 줄은 몰랐네요."

마족의 뿔이 곧 마족을 사냥한 것에 대한 증거가 됐다. 사실은 아이템에 영혼까지 팔아버린 마족들이 제 발로 바친 것이지만.

거기에 한주혁은 성족의 증표 세 개까지 내밀었다.

"아시겠지만 이것은 성족의 증표입니다. 그것도 무려 세 개."

한주혁이 한 발자국 앞으로 움직였다.

"마지막으로 이것은 카르티안을 죽인 원흉. 데미안의 서신입니다. 저를 악마의 대저택으로 초대했습니다. 자신의 죽음이 보고 싶으면 언제든지 찾아오라고."

데미안의 초대장을 살펴본 라리엘이 희미하게 웃었다.

"과연 데미안답군요. 약자는 살려두되, 복수의 기회는 열어둔다. 자존심 강한 머저리다운 선택이에요."

한주혁이 당당하게 말했다.

"이 정도로도 믿지 못하겠다면 이 자리에서 제 목을 베시면 됩니다. 제가 인간 중에서 강한 것은 맞지만, 대천사와 싸워서 이길 수는 없으니. 적대악인 제가 거짓말을 해서 당신에게 무엇을 얻어낼 수 있을지 모르겠군요."

만약 이 모습을 한세아가 봤다면 감탄했을 거다. 우리 오빠. 연기가 많이 늘었구나. 진짜 뻔뻔해졌구나.

"마계로 가는 게이트를 알고 있고 마족의 상황을 잘 알고 있으며, 300이 넘는 마족을 사냥하여 그 습성까지 잘 파악하고 있는 데다가, 시나리오상 절대악에 대적하는 적대악인 저를 죽이신다면…… 아마 시나리오는 절대악에게 유리하게 돌아가겠죠."

한주혁이 쐐기를 박았다.

"절대악은 데미안과 함께하는 자입니다. 반대로 저는 절대악에 반하는 자입니다. 저 역시 시나리오 클리어를 원하고, 당신 역시 데미안을 증오하지 않습니까?"

한세아는 한주혁의 침대에 올라앉았다. 일명 '아빠 다리'를 하고서 한주혁을 물끄러미 쳐다봤다.

"왜?"

"오빠. 나한테는 뭐 사기 치는 거 없지?"

"귀찮다. 나가라."

"하긴. 오빠가 나 따위한테 사기 쳐서 얻을 게 뭐가 있겠어?"

아무리 생각해도 오빠는 사기꾼인 것 같다. 절대악과 적대악을 동시에 플레이하더니 사기술이 엄청나게 느는 것 같다. 대단하다 못해 존경스럽다.

"그래서. 결국 악마의 대저택으로 가기로 한 거야?"

"어. 그곳에 네 명의 대천사가 강림할 거야."

네 명의 대천사가 데미안을 잡기 위해 움직인단다.

라리엘은 데미안이 카르티안의 정수를 먹었다고 멋대로 착각하고 있다. 그래서 데미안을 잡기 위해서는 네 명의 대천사가 힘을 합쳐야 한다고 생각했다.

라리엘은 이렇게 말했다.

"데미안. 그자는 그 자만심 때문에 죽임을 당하겠죠. 당신이 네 명의 대천사와 함께할 거라는 생각을 했을지도 몰라요. 그럼에도 불구하고 이 초대장을 당신에게 준 것은, 그야말로 만용이었죠. 데미안답네요."

이렇게도 말했다.

"여기. 대천사들의 깃털을 선물하겠어요. 그 자리에서 우리를 소환해 줘요. 데미안은 우리가 사냥할 테니. 하루 정도. 시간이 필요해요."

대천사 라리엘뿐만 아니라 다른 세 명의 대천사가 악마의 대저택에 강림한다.

'준비가 더 필요해.'

악마의 대저택에 장로들이 파견됐다. 은신처인 힐스테이가 아니라서 조금 조심스럽기는 했지만, 지금 그게 중요한 건 아니었다. 4명의 대천사를 사냥하는 것이 지금은 가장 큰 과제.

'대천사들은 무엇을 준비할까?'

라리엘의 모습에서는 자신감이 묻어나 있었다. 뭔가 믿는 구석이 있다는 소리다.

"세아야. 혹시 모르니까 부활 잘 사용해야 돼."

"걱정 마. 머릿속으로 시뮬레이션 엄청 하고 있어."

대천사들은 데미안이 얼마나 강한지 대충 알고 있다. 그에 맞추어 준비를 해올 것이다. 그런데 부활의 능력을 갖고 있다는 건 모를 거다.

"혹시라도 데미안이 죽으면 바로 되살리면 되는 거지?"

"맞아."

세아의 능력이 필요할 것 같아서, 귀찮음을 무릅쓰고 꽤 자세히 설명을 해줬다.

'라이폰들 배치는 끝났고.'

악마의 대저택 5층에도 라이폰들을 배치해 놓을 거다. 그리고 비어 있는 1층부터 4층까지. 모두 라이폰들로 채워놓기로 했다.

"근데 데미안이 혼자서 천사 넷을 상대할 수 있을까?"

한주혁이 씨익 웃었다.

"왜 혼자라고 생각해?"

"아니, 오빠도 있고 나도 있고. 그렇긴 한데……."

오빠야 당연히 어느 정도 전력이 될 거다. 그 강했던 카르티안을 없애는 것에도 나름대로 힘을 보태지 않았던가.

"나는 일단 부활 권능 빼면 그다지 도움이 되지 않을 것 같은데……."

하루가 지났다.

유리엘과의 약속 시간은 이제 4일 남았다. 마찬가지로 혼돈수의 씨앗이 성장하기까지도 4일하고 10시간이 남았다.

악마의 대저택 5층. 시르티안이 말했다.

"12장로가 모두 집결하였습니다."

시르티안과 팬더는 전투에 직접적으로 도움이 되지 않는다. 대신 둘의 능력과 베르디의 능력을 합쳐, 천사들이 도망치지 못하도록 마법진을 설치했다. 그들을 완전히 붙잡지는 못하겠지만 그들의 도망을 몇 초 정도 잡아둘 수는 있을 거다. 그 정도면 데미안이 그들을 충분히 죽일 수 있는 시간이고.

"12장로가 모두 움직였기에…… 에르페스 측에서도 어느 정도 눈치를 챘을지도 모릅니다."

"괜찮아."

그 정도는 감수할 만하다. 대천사 넷을 잡기 위해서는.

"라이폰 부대도 제대로 배치했습니다."

1층부터 5층까지. 사육된 라이폰들이 바글바글했다.

데미안은 조금 신기한 듯 손에 들린 단도를 쳐다보았다.

"영웅의 장갑과 천벌의 단도라."

아이템 착용의 첫 경험 이후로, 아이템의 효과를 몸으로 배운 데미안이다.

"확실히…… 내 손톱보다 훨씬 강력하군."

스치기만 해도 플레이어를 델리트에 이르게 만든다니.

NPC의 경우는 소멸시키는 권능을 갖고 있다. 영웅의 장갑에 의해 그 횟수를 무제한으로 늘릴 수 있다. 최강급 NPC가 융합된 신급 아이템을 장착했다. 거기에 더해 악신의 가호까지 받으면 데미안의 능력은 더욱 증폭된다.

데미안은 인정할 수밖에 없었다.

'우리는 우리 스스로의 발전 가능성을 막았었다. 마족이 인간의 문물을 진작 받아들였다면…… 성마전쟁에서 결코 패배하지 않았을 터.'

지금에 이르러서야 의미 없는 감상이긴 했지만 말이다. 한편, 최상급 NPC에 속하는 12장로도 악마의 대저택 5층 구석에 자리 잡았다.

'시르티안과 팬더가 가장 구석.'

비전투 클래스인 시르티안과 팬더를 가장 구석에 배치했다. 대천사 레이드의 주축은 라이폰과 데미안이 될 것이다. 장로들은 보조다.

'천벌의 단도를 들고 있는 데미안은……. 원래의 데미안보다 배 이상은 강력할 거야.'

원래의 데미안이 천사 두 명을 상대할 수 있으니, 아이템과 스킬 효과로 몇 배 이상 강해진 데미안이면 천사 네 명도 거뜬할 것이라 생각했다.

'내가 할 역할은 심검과……'

첫째로 심검을 사용해서 작은 틈을 만든다. 쿨타임이 사라지고 M/P소모가 획기적으로 줄어든 지금, 천사들에게서 빈틈을 만들어낼 수 있을 거다.

'쿠낙 전투창술.'

그리고 자신은 가르샤의 창을 활용하여 고대의 창술인 '사르페온 창술'을 사용할 거다.

공격용이라기보다는 방어용이다. 그냥 방어하는 것보다는 자동 전투술에 가까운 '사르페온 창술'을 사용하여 방어하는 것이 더 유리하다는 판단이 섰기 때문이다.

'그리고……'

마지막 패. 아직 그것이 남았다.

한주혁은 대천사 넷을 부르기 위하여 만반의 준비를 가했다. 악마의 대저택으로 들어오기 전 한주혁은 시르티안에게 명령을 내렸다.

"여차하면 마족의 뿔로 전부 소환할 거야."

그럴 리는 없겠지만, 최후의 수단이다. 마족의 뿔로 300명의 마족들을 소환하여 시간을 벌고 그 틈을 타서 도망치는 것. 그런데 그건 어디까지나 최후의 수단.

"물론입니다. 주군께서 제안하신 거래를 약 12명의 마족들이 승낙하였습니다."

"12명이나?"

12명은 조금 의외다. 한 7명 정도 응할 줄 알았더니.

'아이템이 좋기는 좋은 모양이네.'

마족들은 아이템을 얻을 수 있는 방법이 굉장히 제한적이다. 마족들은 스스로는 인간계에 나오지 못한다. 인간계에서 마계로 가는, 그러니까 플레이어들이 사용하는 게이트는 있지만 마족들이 사용하는 게이트는 없으니까.

더 정확히 말하자면 마계에서 인간계로 이동하는 게이트를 쓰기 위해서는, 인간계에서 마계로 넘어갔던 워프 흔적이 남아 있어야 하는 거지만.

'어쨌든 결론은⋯⋯. 마족들은 인간계로 못 와.'

그런데 아이템을 얻은 마족들은 갑자기 강해지고, 아이템을 얻지 못한 마족들은 서열 전쟁에서 패배하여 죽어갔다.

그들은 죽는 것이 두려운 것이 아니라 서열 전쟁에서 패배하는 것이 더욱 수치스럽고 괴롭다고 생각한다.

'마계에는 아이템을 얻을 수 있는 루트가 없고.'

이래서 독점이 무서운 거다. 아이템을 이쪽만 공급할 수 있으니까. 물론 많은 플레이어들이 마계 탐사를 하고 있다만, 한주혁과 시르티안이 제공하는 것만큼 양질의 아이템은 갖고 있지 않다.

그래서 시르티안은 양질의 아이템. 최소 레어급 이상의 아이템들로 서열 20위까지의 마족들에게 제안을 했다. 그중 12명이 시르티안의 제안을 받아들였다.

"예. 대부분 서열 상위권에 몰려 있는 이들입니다."

"좋군."

마계에서도 무려 서열 20위. 한 세계의 20위 안에 드는 최강자들로 구성된 파티가 이루어졌다. 그들을 움직이는 데 필요했던 것은 겨우 '레어'에 해당하는 아이템.

"개중 가장 큰 공을 세운 마족에게는 유니크급 아이템을 선물하겠다는 약속도 걸었습니다."

"잘했어."

유니크급 아이템이 귀한 것은 맞지만 한주혁이 마음만 먹으면 못 구할 것도 없다.

유니크급 아이템으로 서열 20위 내의 마족들을 움직일 수 있다니. 세상 참 많이 변했다.

"주축은 데미안. 그리고 12명의 마족이 될 거야. 장로들은 혹시 모를 사태에 대비해. 대천사들이 도망치지 못하도록."

"예. 베르디와 팬더를 중심으로 하여 준비하겠습니다."

시르티안은 시르티안 나름대로 감탄했다.

'그들이 합공을 하겠다니.'

상대가 천사라는 점. 그리고 잘하면 유니크급 아이템을 얻는다는 점이 그들의 자존심을 꺾게 했다.

'겨우 유니크급으로……'

이건 획기적인 거래였다. 물론 이쪽에만 획기적인 거래.

시르티안도 확신했다.

"이 정도면 네 명의 대천사를 분명히 사냥할 수 있을 것입니다."

한주혁은 호흡을 가다듬고 랜튼의 깃털을 꺼내 들었다.

데미안이 그런 한주혁을 쳐다봤다.

"계약 상위주체여. 무엇을 그렇게 긴장하고 있지?"

데미안이 어깨를 으쓱했다.

"아이템으로 무장하고 있는 나는…… 지지 않는다."

"그건 알아."

다만 지금 한주혁에게 필요한 것은 '데미안의 승리'가 아니라 '압도적인 승리'였다. 더 정확히 말하자면 배신한 자신을 천사들이 공격할 수 없을 수준의, 방어하기 급급하다가 사냥당하는 수준의 압도적인 레이드가 필요했다.

"압도적인 힘이 필요하거든."

그래서 라이폰 부대가 대기하고 있고 서열 1위의 데미안, 서열 최상급의 마족들까지도 대기하고 있다.

데미안이 대표로 말했다.

"계약 상위주체여. 그대는 참으로 신비로운 짓을 잘도 벌이는군."

말투 자체는 칭찬인지 욕인지 애매했지만, 데미안의 표정을 보니 비꼬는 것 같지는 않았다. 데미안은 진지했다.

"성마전쟁 당시에도 마족들은 힘을 합친 적이 없다."

결투는 신성한 것. 마족 일 대 성족 다수는 싸운다. 이쪽이 불리한 일 대 다수는 싸워도 된다. 하지만 이쪽 다수 대 저쪽 소수는 싸우지 않는다.

"그런데 지금……."

돌아보니 다 아는 얼굴이다. 최상위급 마족들, 이들이 힘을 합치기로 했단다. 아이템 혁명 하나가 참 많은 변화를 가져왔다.

데미안이 말했다.

"재미있군."

진심으로 재미있었다. 살아생전 이런 광경을 보게 될 줄이야. 최상급 마족들이 힘을 합쳐 누군가를 공격할 줄이야. 예상치도 못했던 일이다.

어찌 됐든 준비는 끝났다.

한주혁이 말했다.

"라리엘을 소환할 거야."

또 다른 세 명의 대천사들과 함께 강림한다고 했다.

"혹시 안전지대 설정이 생길 수도 있거든."

그러면 피곤해진다.

"그러면 데미안. 네가 영웅의 장갑을 사용해서 공격하면 돼."

그것만으로도 부족하다 싶으면 하나 남은 케르핀의 낙서장까지도 사용할 참이다. 이번 레이드는 한주혁도 긴장하는 레이드. 가능한 수단을 모두 사용하는 것이 좋았다.

-랜튼의 깃털을 사용하시겠습니까?

랜튼의 깃털을 사용했다.

-대천사 라리엘이 강림합니다.

알림은 한 번으로 끝이 아니었다.

-대천사의 약속에 의거하여 대천사 우리엘이 강림합니다.
-대천사의 약속에 의거하여 대천사 카리엘이 강림합니다.
-대천사의 약속에 의거하여 대천사 하리엘이 강림합니다.

라리엘, 우리엘, 카리엘, 하리엘. 네 명의 대천사가 모습을 드러냈다. 라리엘이 약간 어린 소녀의 모습을 하고 있다면 우리엘은 미중년의 모습. 카리엘은 잘생긴 청년의 모습을, 하리엘은 성숙한 여인의 모습을 하고 있었다.

네 명의 대천사는 각자 8장의 날개를 활짝 펴고서 중압감을 뿜어냈다.

가장 먼저 강림을 마친 라리엘이 인상을 잔뜩 찡그렸다.

-안전지대가 선포됩니다.

라리엘이 안전지대를 선포했다. 그와 동시에 카리엘이 버럭 소리를 질렀다.

"미쳤구나! 인간!"

청년의 모습을 하고 있는 카리엘. 그의 오른손에 하얀색 창 하나가 소환되는가 싶더니 갑자기 사라졌다.

한주혁은 그 순간 눈치챌 수 있었다.

'안전지대를 무시하고 공격하는 설정.'

갑자기 사라진 창.

'저건 심검과 유사하다.'

다행인 것은 한주혁 스스로도 '가르샤의 창'을 들고 있다는 것. 그리고 가르샤의 창에는 쿠낙 전투창술이 자동으로 입력 되어 있다는 것.

-쿠낙 전투창술의 최종 방어. 제5장. '마음의 눈으로 보고 다 스리는'이 자동으로 발현됩니다.
-M/P 소모가 50으로 고정됩니다.

한주혁은 가슴 부근의 통증을 느꼈다. 하지만 예전처럼 맥

없이 당하지는 않았다. 스스로 방어한 건 아니지만 신급 아이템인 가르샤의 창이 어느 정도 데미지를 상쇄시켰다.

그때 데미안이 말했다.

"제법 여유가 있구나."

대천사 카리엘이 강한 것은 맞다. 그러나 마계 서열 1위. 데미안도 그에 못지않다.

카리엘이 '심창'을 통해 한주혁을 공격했고, 그 틈을 타서 데미안이 천벌의 단도를 카리엘의 옆구리에 꽂아 넣었다.

"큭……!"

라리엘은 이 상황을 이해할 수 없었다.

'분명 안전지대가 설정되어 있는데.'

공격은 이쪽만이 가능하다. 이것은 대천사 카리엘의 고유권능이다. 천사들은 이것을 '일방적 안전지대'라고 표현한다. 이쪽은 공격할 수 있는데, 저쪽은 공격할 수 없도록 하는 권능. 무려 신급에 해당하는 권능.

라리엘은 데미안이 들고 있는 단도에 집중했다.

"예사 아이템이 아니구나."

단도를 보니 손도 보였다.

"저건……."

뭔지 알 것 같았다.

"영웅의…… 장갑?"

이해할 수 없었다. 저 아이템이 어째서 데미안의 손에 들려 있는가.

"인간. 설명해라. 이게 어찌 된 일인지."

데미안을 죽이러 왔는데 왜 라이폰들이 대기하고 있고, 상급 마족들과 데미안이 기다리고 있는가. 마치 함정을 파고 기다리고 있었던 것처럼.

"글쎄."

그사이 데미안이 라리엘에게 접근했다. 한주혁 대신, 데미안이 말했다.

"한가로이 대화할 여유가 있나 보군."

데미안이 천벌의 단도를 휘둘렀다. 손톱 대신, '델리트 권능'이 포함된 신급 아이템 '천벌의 단도'가 라리엘이 있던 자리를 할퀴었다.

한주혁은 라리엘의 움직임을 읽을 수 있었다.

'피했어?'

어디로 피했는지는 모르겠다. 대천사답게, 블링크 능력이 상상을 초월했다.

데미안도 이런 마법 자체에는 익숙하지 않은 것 같았다. 라리엘의 모습을 놓쳤다.

그런데 의외의 복병들이 움직였다.

끼긱-! 끼기긱!

라이폰들이었다. 라이폰들은 마치 라리엘이 어디로 이동하리라는 것을 알기라도 한 듯 일제히 한곳으로 달렸다. 오른쪽

벽면을 타고 올라가 공중으로 뛰었다.

"헙……!"

라리엘의 눈이 커졌다.

데미안의 공격을 피해 간신히 이동했는데, 그 자리에 라이폰들이 기다리고 있었다. 이빨로 자신의 날개를 갉아 먹으려 들었다.

라리엘이 외쳤다.

"꺼져라. 미물들아."

순간, 바람이 일었다. 순간적인 충격파가 일어 라이폰들을 밀어냈다.

라이폰 네 마리가 그 자리에서 즉사했다. 과연 대천사다웠다.

미중년의 모습을 하고 있는 우리엘이 천천히 공중에 떠올랐다.

"……."

그는 가타부타 말을 하지 않았다. 이미 이 자리가 어떤 자리인지 깨달은 모양이었다.

그의 목표는 인간. 한주혁이었다.

'마족들은…… 원래 서로 힘을 합치지 않아.'

그걸 잘 알고 있다. 그런데 저 인간이 그걸 가능하게 했다. 가장 위협적인 것은 데미안이지만, 일단 저 인간을 없애는 것이 가장 중요한 것 같았다.

'저건 가르샤의 창.'

창술로는 의미가 없다. 다행히 자신은 창이 주 무기가 아니다. 대천사 우리엘은 네 명의 대천사들 중에서도 '진언'에 특화되어 있는 진언 특화형 대천사다.

'진언'은 '언어'의 권능을 통해 '언어를 구체화'하는 능력이다. 쉽게 말하자면 말하는 대로 이루어지는 권능.

'인간. 죽……'

죽어라. 그렇게 명령하려고 했다.

그런데 그러지 못했다. 목소리가 들려왔다.

"한눈팔면 죽어."

우리엘은 진언을 사용하지 못했다.

진언은 사용하는데 충분한 여유가 필요하다. 오로지 진언 사용에만 집중할 수 있어야 한다.

그런데 그런 여유를, 다른 마족들이 주지 않았다.

우리엘이 말했다.

"마족들이……. 부끄럽지도 않은가? 마족들은 긍지 높은 종족이다. 어째서 다수가 소수를 핍박하지?"

원래 마족들은 스스로의 자긍심과 프라이드가 강하다. 이정도 말만 던져도 내분이 일어난다. 그게 우리엘이 알고 있는 마족이다. 그게 상식이다.

그런데 그 상식이 무참하게 깨졌다.

마계 서열 6위. '듀라엔'이 씨익 웃었다.

"세상은 변하는 거야."

그 변화의 시작이 저 앞의 인간이었다. 저 인간 때문에 마계 전체가 변화하고 있다. 그리고 그 중심에 자신이 있고.

"다수가 소수를 핍박하는 거. 너희들 주특기 아니었나?"

듀라엔이 자신의 움직임이 마음에 들었다. '실피드의 가호가 담긴'이라는 수식어가 붙은 '유리 사슬 갑옷'을 입고 있었는데, 움직임이 평소보다 훨씬 빠르고 정교했다.

바람의 정령 실피드의 가호가 옵션으로 붙어 있어, 움직임을 7퍼센트가량 빠르게 만들어주는 아이템이다.

한주혁은 만족스러운 듯 웃었다.

'강함이란 상대적인 거지.'

대천사가 강한 건 맞지만, 이쪽에도 그에 못지않은 전력들이 전투를 효과적으로 치러주고 있다.

특히나 저 라이폰들은 천사들의 블링크 움직임을 미리 예측하는, 일종의 레이더 같은 역할을 하고 있었고 천사들을 효과적으로 견제했다.

긴장한 상태로 부활을 준비하던 한세아는 괜히 신났다.

'당황했죠? 아무것도 못 하죠?'

하마터면 육성으로 천사들을 놀릴 뻔했다. 준비를 거창하게 하기는 했는데, 천사들은 정말로 아무것도 하지 못하고 있었다. 오빠의 말이 맞았다. 강한 건 상대적인 거라고.

'저 천사들 중 하나만 밖으로 나가도……'

아마 최강자로 군림할 수 있을 거다. 아마가 아니라 확실하다. 그런데 그렇게 강력한 천사들도, 이 상황에서는 그 강함을 제대로 드러내지 못하고 있다. 물론 그들이 아무것도 못 하고 있는 건 아니었다.

'따지고 보자면 아이템으로 무장한 최상급 마족들과 데미안이 한 번에 죽이지 못하고 있다는 게…… 대단한 거라면 대단한 거겠지?'

그것만으로도 대단한 거다. 라이폰들에 의해 움직임이 많이 제한된 상태임에도 불구하고 약 20초간 버티고 있다는 것은 대단한 게 맞다. 한세아는 너그럽게, 그렇게 인정해 줬다.

'부활은 쓸 필요도 없겠다.'

방심을 하기로 한 건 아니지만, 긴장이 조금 풀렸다. 오빠의 뜻대로 모든 일이 잘 풀릴 것 같은 기분이 들었다.

그때 한세아가 무엇인가를 발견했다.

'어……?'

땅에 선 상태로, 녹색에 가까운 보호막을 펼치고 있던 대천사. 그 대천사의 보호막 색깔이 조금씩 옅어졌다.

큰 움직임을 보이지 않고 있던 여성형 대천사 하리엘이 입을 열었다. 그러자 이곳에 모인 그 누구도 생각지 않았던 상황이 펼쳐지기 시작했다.

진언을 사용하지 못해 초조함을 느끼던 우리엘의 얼굴에서 옅은 미소가 피어올랐다.

"드디어…… 하리엘이 움직이는구나."

하리엘은 직접 전투 능력은 약하다. 그럼에도 불구하고 천사를 이끄는 네 명의 대천사 중 한 명이 될 수 있었던 것은 그녀에게 특별한 능력이 있기 때문이었다.

-천공 요새 '드라칸 방주'가 모습을 드러냅니다.
-천공 요새 '드라칸 방주'의 화포 132문이 악마의 대저택을 노리기 시작합니다.
-천공 요새 '드라칸 방주'의 화포가 정조준을 완료하였습니다.

하리엘이 입을 열었다.
"드라칸 방주의 화포. 132문의 포 공격은 99.99퍼센트의 정확도를 자랑합니다."

그녀의 표정은 흡사 이주랑과 비슷했다. 아름다운 얼굴, 무표정에 가까운 표정.

"드라칸 방주는 목표 피사체를 정확하게 정조준할 수 있으며 물리적 방벽에 영향을 받지 않습니다."

악마의 대저택 내에 숨어 있든, 어디에 있든, 공격할 수 있다는 얘기가 된다. 물리적 형태의 방패 등은 소용이 없다는 뜻이다.

한주혁의 광역 탐지가 상공에 떠 있는 천공 요새 '드라칸 방주'를 잡아냈다.

'크다.'

하늘을 떠다니는 배 같았다. 천사들이 사용하는 천공 요새. 하리엘의 특수 능력인 것 같았다.

한주혁이 멈칫하자 데미안과 마족들. 그리고 라이폰들도 잠시 멈췄다. 전투는 잠시 소강상태.

카리엘이 크하하핫! 하고 크게 웃었다.

"너희 따위가 잔재주를 부려봤자 아니겠느냐?"

한주혁은 카리엘을 쳐다봤다.

카리엘은 옆구리에 구멍이 뚫린 상태. 데미안이 휘두른 천벌의 단도에 의해 데미지를 크게 입은 것 같았다.

그럼에도 불구하고 카리엘은 기분이 좋아 보였다.

"하리엘에게 시간을 준 것은 너희들의 실수다."

라리엘도 은은한 미소를 띠고 있었다. 저쪽에도 강력한 패가 숨겨져 있는 것 같았다.

"하리엘. 어서 놈들을 부숴 버리세요."

천공 요새 드라칸 방주. 132문의 화포가 배신자와 마족들을 한 자리에서 처단할 수 있을 것이다.

하리엘이 말을 이었다.

"드라칸 방주는 최상위 등급 명령에 의해서만 사용 승인이 떨어집니다. 현재 사용 승인 허가 중입니다. 진행률 80퍼센트."

한주혁이 그 말에 집중했다.

'최상위 등급 명령…… 이 등장했다.'

한주혁이 알고 있는 한, 신급보다도 더 상위 등급. 이 세계에 존재하는 그 어떤 등급보다도 높은 등급을 칭하는 말이다.

현재 진행률은 80퍼센트. 지금이라도 공격을 서둘러야 했다. 저것이 완료되면 어떤 일이 벌어질지 확신할 수 없었으니까.

그러나 한주혁은 알 수 있었다.

'지금은 못 쳐.'

지금은 공격이 불가능하다.

'지금 하리엘은 최상위 등급 명령에 의해 보호받고 있다.'

그렇다면 신급 장갑인 '영웅의 장갑'이나 또 다른 설정 파괴 아이템인 '케르핀의 낙서장'으로도 간섭할 수 없다는 얘기가 된다.

곧 강제적인 안전지대가 설정되고, 하리엘이 계속 말했다.

"최상위 등급 명령에 의하여 사용 허가를 획득하였습니다."

대천사 카리엘이 계속해서 기분 좋게 웃었다. 창을 빙글빙글 돌리는 여유까지 선보였다.

"꼴좋구나. 마족 쓰레기들. 그런 쓰레기 잡템을 들고 오면 다인 줄 알았느냐? 성족에게 최상위 등급의 천공 요새가 존재한다는 사실을 몰랐느냐? 몰랐겠지? 그러니까 이런 등신 같은 짓을 했겠지?"

라리엘도 완전히 여유를 되찾았다.

"드라칸 방주에 대해서 놀라운 사실을 한 가지 말해줄까요?"

옅은 미소를 띤 채, 한주혁과 라이폰. 그리고 마족들을 둘러보았다.

"드라칸 방주는 마계에서는 가동할 수 없어요."

이곳은 마계가 아니다. 악마의 대저택. 필드다. 다시 말해 인간계라 할 수 있다. 인간계이기 때문에 드라칸 방주를 사용할 수 있다는 얘기가 된다.

"그리고 상대가 강력한 마기를 가지고 있는 경우에만 사용 승인이 떨어지죠."

라리엘이 손가락으로 한주혁을 가리켰다.

"당신이 우리를 배신해 준 덕분에. 마족들을 끌어들여 함정을 판 덕분에. 우리는 위험한 마족들 대부분을 한꺼번에 처리할 수 있게 되었어요."

그러고서 한 손으로 가슴팍을 가리고서 한주혁에게 살짝 허리를 숙여 보였다.

"고마워요. 당신은 적대악이 맞군요. 확실한 우리 편이었어요."

한주혁은 라리엘이 빈정거리는 것에 크게 신경 쓰지 않았다. 지금 그것에 신경 쓸 겨를이 없다.

저들은 지금 매우 여유롭다. 어쩌면 처음 이 상황에 맞닥뜨렸을 때부터. 이 그림을 그리고 있었을지도 모른다. 그래서 어떻게든 하리엘에게 시간을 벌어주려 한 것 같다.

카리엘이 먼저 나서서 한주혁 자신과 데미안의 어그로를 끌고, 우리엘이 진언을 사용하여 마족들의 어그로를 끌었다. 라리엘도 현란한 워프를 사용해 가며 라이폰들을 유인하고 시선을 끌었다.

'이 그림을 그리고 있었던 거야.'

그렇게 생각했다. 하지만 한주혁은 이 상황을 비관적으로만 보지는 않았다.

'아니.'

지금 저들은 모르고 있다.

'저들에게는 심안이 없나?'

심안과 비슷한 형태의 능력들은 있을 거다. 대천사쯤 되는 상대다. 심안 같은 능력이 없을 리 없다.

'다만……. 지금 이 순간에도 저쪽까지 신경 쓸 겨를이 없는 거겠지.'

겉으로는 대단히 여유로워 보이지만 마냥 여유롭지는 않은 상황인 것이 틀림없다. 라이폰과 마족들을 견제하고 있느라, 마나의 흐름까지는 캐치하지 못하고 있다.

'이 상황은…… 예상하지 못했는데.'

한주혁은 하리엘의 마나 흐름을 느꼈다.

드라칸 방주를 컨트롤 하는 주체는 하리엘이다. 수만 갈래의 마나 선이 드라칸 방주와 하리엘을 잇고 있었다.

한주혁은 그 수만 갈래 하나하나를 전부 느꼈다. 그것을 통해 하리엘이 무엇을 하고 있는지, 분명히 인식할 수 있었다.

'아니, 이건…… 저들이 멍청해서가 아니야.'

다시 생각해 보니 그런 건 아닌 것 같다. 저들이 못 느끼는 게 아니라, 자신만이 느낄 수 있는 것 같았다. 조화의 힘, 혼돈의 힘을 얻은 자신이어서, 그런 자신이어서 눈에 보이는 것 같은 기분이 들었다.

'원래의 심안이었다면 캐치하지 못했을 거야.'

중요한 건 지금은 캐치했다는 거다. 하리엘이 뭘 하려고 하고 있는지 이곳에 있는 다른 누구도 읽지 못했지만, 한주혁은 읽을 수 있었다.

한주혁이 말했다.

"너희, 그렇게 여유로워도 될까?"

그와 동시에 하리엘이 입을 열었다.

"타겟 설정. 대천사 우리엘, 대천사 카리엘, 대천사 라리엘."

"……."

순간 적막이 흘렀다.

라리엘이 그 적막을 깼다.

"하리엘. 지금 무슨 말을…… 끄아아아악!"

외마디 비명과 함께 라리엘의 몸이 폭발했다. 몸이 산산조각 나거나 피가 튀지는 않았다. 폭발음이 있었던 것도 아니다. 다만 이곳에 있는 모든 이들이 '폭발했다'라고 느꼈다.

한주혁조차도 침을 꿀꺽 삼켰다.

'이게 최상위 등급 요새의 힘인가…….'

한주혁도 처음 본다. 최상위 등급의 요새가 어떤 힘을 가지고 있는지.

'심검의…… 포사격 버전 정도 되는 것 같은데.'

일반적인 상식선에서, 칼을 든 사람보다는 총을 든 사람이 더 위험하다. 보통의 경우, 칼보다는 총이 훨씬 더 파괴력이 강하고 위험한 무기니까. 같은 맥락에서, 총보다는 포가 강하게 마련이다.

'보이지 않는 포사격.'

확장해서 생각해 보자면 '심검'이 아니라 '심포' 정도 되지 않을까 싶다.

'라리엘을 죽이지는 않았어.'

죽일 수 있었지만 죽이지 않았다. 132문의 화포 중 단 1문만이 라리엘을 공격했다. 일부러 죽이지 않았다. 크게 상처만 입혔을 뿐.

'물리적 방어벽도 소용없고.'

타깃 자체를, 몸속에서부터 터뜨려 버리는데 무슨 수로 방어한단 말인가. 저건 대천사가 아니라 데미안이라고 해도 못막을 것 같다. 도대체 저런 병기는 어디서 어떻게 구했나 싶다.

카리엘이 버럭 소리를 질렀다.

"하리엘! 이 미친녀…… 크아아아아악!"

그는 소리를 오래 지르지 못하고 순식간에 폭발했다.

라리엘과 마찬가지였다. 일반적으로 생각하는 폭발의 형태는 없었다. 이곳에 모인 모두가 동시에 '폭발'이라고 생각했을 뿐.

이상한 일이었다. 폭발하지 않았는데 모두가 폭발했다고 생각했으니.

라리엘의 너덜너덜해진 날개가 바들바들 떨렸다.

"하리엘. 제정신인가요?"

"제정신입니다."

"어째서…… 이런 끔찍한 일을 벌이는 거죠?"

하리엘은 라리엘을 물끄러미 쳐다보았다.

한참의 시간이 흘렀다. 한주혁도 그 상황에 개입하지 않았다.

'지금 끼어들면 안 돼.'

이것은 메인 시나리오의 한 흐름이다. 여기서 얻는 정보가 요긴하게 쓰일 수도 있다. 그래서 잠자코 기다렸다.

한참의 시간이 흐른 뒤, 하리엘이 입을 열었다.

"우리는 서로의 진명을 알고 있죠. 당신은 진명은 따뜻한 학살자."

카리엘의 잿더미를 쳐다보면서 말했다.

"카리엘의 진명은 천둥의 심판자."

우리엘의 잿더미를 가리키면서 말했다.

"우리엘의 진명은 언령의 사도."

가리고서 자신을 가리켰다.

"그런데 내 진명이 뭘까요?"

"하리엘. 당신의 진명은……."

라리엘이 순간 인상을 찡그렸다. 하리엘의 진명이 뭐였더라. 잘 기억이 나지 않았다.

하리엘이 스스로 입을 열었다.

"대외적으로는 수수께끼의 모략가."

"······진명을 속였다는 뜻인가요?"

라리엘은 믿을 수 없었다. 진명은 태어나면서부터 날개에 새겨지는 이름이다. 그 정체성이 날개에 새겨진다. 그 진명은 그 누구에게도 속일 수 없다.

"그럴 수는 없어요."

"그럴 수 있어요. 내가 그 당사자니까."

한주혁은 불현듯 예전 기억을 떠올렸다. 한주혁은 성좌인 채순덕과 싸울 때에 특이한 경험을 했었다. 채순덕은 자신만만한 태도로 무엇인가를 소환했었다.

그때의 경험. 성족의 도움을 받는 성좌가 소환했던 것이 다름 아닌 타락 천사였다.

'타락 천사.'

예전에는 의문을 갖지 않았었는데, 그런가 보다 했었는데, 그것은 당시의 한주혁이 캐치하지 못했던 하나의 퍼즐이었다. 성좌인 채순덕이 어떻게 타락 천사를 소환할 수 있었을까.

'채순덕은 어쩌면······.'

많은 성족들 중에서도 '하리엘'과 연관이 있었던 것일지도 모르겠다.

당시 채순덕이 이렇게 명령했었다.

"타락 천사여. 계약 상위주체의 명령에 따라. 마족이 아니면서 감히 마족의 힘을 탐하는 모든 생명체에게. 단죄의 빛을 흩뿌려라!"

그때의 경험으로 보면 천사 중에는 타락 천사가 분명 존재했고, 성좌였던 채순덕이 그 타락 천사의 도움을 얻었다. 그렇다면 그 타락 천사를 제공해 주었던 더 상위 계층의 천사가 있었다는 얘기가 된다.

한주혁이 중얼거렸다.

"타락 천사."

하리엘이 한주혁을 힐끗 쳐다봤다. 그러고서 라리엘이 그랬던 것처럼 가볍게 웃었다.

"나의 진명은 타락 천사들의 왕. 당신들이 말하는……."

거기까지 말한 하리엘의 입이 양옆으로 주욱- 벌어졌다. 괴이하게 크게.

그와 동시에 라리엘이 비명을 질렀다.

"라리엘. 잘 가요."

라리엘이 폭발했다. 성족을 이끄는 세 명의 대천사가 그 자리에서 증발했다.

한주혁이 침을 꿀꺽 삼켰다. 저 정도의 힘을 가지고 있다니.

'저 정도의 힘을 갖고 있으면서…… 여태까지 정체를 숨겼던 건 저 힘을 사용할 수 있는 여건이 안 되었겠지.'

저 정도의 힘이라면 분명 제약이 많이 있을 거다. 마계에서 사용할 수 없다는 것도 그런 제약 중 하나일 터.

"아참, 라리엘. 미리 말 못 해서 미안한데……. 카르티안의 계약자가 나였어요. 죽어서 아쉽게 되기는 했지만."

한주혁은 약간 떨떠름했다.

천사들보다도 하리엘의 정체를 더 빨리 파악했지만, 일이 이렇게 흘러갈 줄은 예상하지 못했다. 네 명의 대천사 중 한 명이 타락 천사였고, 그 타락 천사가 힘을 개방시켜 다른 세 명의 대천사를 죽여 버리다니.

하리엘이 무표정한 얼굴로 말했다.

"고맙게 됐어요. 당신 덕분에 일이 굉장히 쉬워졌네요. 수천 년간 이루지 못했던 일을, 한 번에 해낼 수 있었어요. 참으로 좋은 함정이었어요. 유능하네요. 당신."

그와 동시에 자동으로 메인 퀘스트창이 떴다. 한주혁이 진행하고 있는 가장 큰 퀘스트. '에르페스 메인 퀘스트. 보복 전쟁의 서막'의 정보였다.

<보복 전쟁-일시적 평화 상태>

  -업적

    1) 불칸 함락 (에르페스 제국. 굴타 왕국 소속)

    2) 넬칸 함락 (에르페스 제국. 굴타 왕국 소속)

  -에르페스 메인 퀘스트. '보복 전쟁의 서막' 진행 사항이 업데이트되었습니다.

알림이 잠시 멈추었다. 마치 렉이라도 걸린 것처럼.

-에르페스 메인 퀘스트. '보복 전쟁의 서막' 진행 시나리오를
점검합니다.
-에르페스 메인 퀘스트. '보복 전쟁의 서막' 진행 사항에 오류
가 있는지 확인합니다.

알람이 이어졌다.

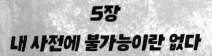

5장
내 사전에 불가능이란 없다

-에르페스 메인 퀘스트. '보복 전쟁의 서막' 진행 사항에 오류
가 있는지 확인합니다.

한주혁은 황당했다. 시스템이 스스로 '오류'가 있는지 없는
지를 확인할 정도. 그 말은 즉, 이 에르페스 메인 퀘스트인 '보
복 전쟁의 서막'의 진행을 얼토당토않게 진행했다는 뜻이다.

<보복 전쟁-일시적 평화 상태>
    -업적
      1) 불칸 함락 (에르페스 제국. 굴타 왕국 소속)
      2) 넬칸 함락 (에르페스 제국. 굴타왕국 소속)
      ……

오류 확인 중…….

　　…….

　　92) 배후 성족의 처단-보상 확인

　　93) 타락 천사들의 왕-보상 확인

　'뭐냐, 이게?'

　퀘스트창이 업데이트된 것은 좋았다. 좋기는 한데. 3부터 91까지의 숫자는 생략되고, 갑자기 92가 떠버렸다.

　'갑자기…… 92를 클리어했어?'

　과연 에르페스 메인 퀘스트답게 커다란 스케일을 자랑했는데, 그 스케일의 92번까지 순식간에 돌파했다.

　'하리엘 버스?'

　한주혁은 황당한 눈으로 하리엘을 쳐다봤다. 대천사들을 잡기 위해 팠던 함정이, 어이없게도 하리엘이 활개칠 수 있는 환경을 만들어줬다.

　'보상 확인.'

　보상부터 확인해 보기로 했다. 무려 에르페스 메인 퀘스트의 92번째 보상과 93번째 보상이니까.

　-배후 성족의 처단을 클리어한 것에 대한 보상이 주어집니다.

　-클리어 보상으로 '권속 권능 부여-워프'가 주어집니다.

　-'권속 권능 부여-워프'의 사용에 '권능의 귓말'이 필요합니다.

-'권속 권능 부여-워프'의 상세설명은 <권능>명령어를 활성화
시키십시오.

한주혁은 '권능'을 활성화시켰다.

'아…… 이거…….'

'권능의 귓말'을 가지고 있어야만 사용할 수 있는 권능이다.
1회성 권능이며.

'내게 충성 서약을 맺은 상대에 한해서…… 이 능력을 부여
할 수 있어?'

이 권능을 부여받은 '권속'은 '워프'와 관련한 힘을 얻을 수 있
다고 설명되어 있었다.

'성족들은 기본적으로 워프를 능숙하게 사용하지.'

라이폰이 아니면 그 위치를 찾기가 매우 힘들다. 그들의 워
프는 가히 '특수 능력'이라고 해도 좋을 정도다.

'그래서…….'

그 능력과 관련된 권능을 부여한 것 같다. 그리고 이 권능
부여에 잘 어울리는 사람을, 한주혁은 잘 알고 있다.

권능의 귓말을 사용했다.

-이주랑씨. 스케줄 비워놓으세요. 꼭이요. 확인할 게 있어요.

현재 한주혁은 '악마의 대저택' 안이다. 대답은 들려오지 않
았지만 이주랑은 악마의 대저택 근처에서 대기할 것이다.

이주랑에게 이 권능을 사용하면, 큰 변화가 있을 것 같다.

'두 번째는…….'

93번. 타락 천사들의 왕. 이것에 대한 보상을 확인해야 했다.

-타락 천사들의 왕을 클리어한 것에 대한 보상이 주어집니다.

-클리어 보상으로 '황금창'과 '성배'가 주어집니다.

-'엘라토움 황금창'과 '엘라토움 성배'가 인벤토리에 귀속됩니다.

한주혁은 곧바로 인벤토리를 활성화시켰다.

<엘라토움 황금창>

신성한 황금. 엘라토움으로 빚은 창입니다. 그 무엇도 찌를 수 없으며 그 어떤 것도 상해를 입힐 수 없습니다. 고대 황금의 신. 가드는 엘라토움으로 빚은 황금창으로 '성악과'를 따 먹었다고 전해집니다.

성악과. 한주혁은 그 단어를 보자마자 무엇인가를 떠올렸다.

'지금…… 자라나고 있는 혼돈수의 씨앗.'

현재는 '발아된 혼돈수의 씨앗'. 이것이 다 자라서 완전한 '혼돈수'가 되면 거기서 '성악과'가 열리게 되는 게 아닐까 싶다. 일단 예상은 그렇다. 정말로 그렇게 될지는 모르겠지만.

<엘라토움 성배>

신성한 황금. 엘라토움으로 빚은 잔입니다. 엘라토움 성배에 담겨진 것은 '차원의 균열'에 빠지게 됩니다. 최상위 등급 명령에 의하여 그 어떤 것도 '차원의 균열'에서 빠져나올 수 없다고 알려져 있습니다. 오직 고대 황금의 신. 가드만이 엘라토움 성배에 '성약과'를 담아 숙성시켜 먹었다고 전해집니다.

한주혁은 확신할 수 있었다.

'성약과가 혼돈수의 열매가 맞다면, 이 두 가지 아이템이 있어야만 어떻게 따는 시도라도 할 수 있는 모양이야.'

아무래도 그런 것 같다. 황금창과 성배가, 성약과를 따기 위한 최소한의 조건이라고나 할까.

보상 확인을 끝마친 한주혁이 하리엘을 쳐다보았다. 하리엘도 여유로운 태도로 한주혁을 마주 보았다.

"하리엘. 네가 원하는 게 뭐지?"

"모든 천사들의 타락. 그것이 제가 태어난 이유입니다."

한주혁은 잠시 생각했다.

'드라칸 방주를 또 쓸 수 있을까?'

엄청나게 제약이 많은 천공 요새일 것이 틀림없다. 다만 제약이 잠시 풀어진 지금. 또다시 사용할 수 있을까? 그렇다면 이쪽에도 엄청나게 위협적이다. 데미안조차도 천공 요새 드라칸 방주의 화포 사격을 버텨낼 수 없을 것 같다.

'아니, 없어.'

묘하게 그렇게 느껴졌다. 확신은 할 수 없지만. 조화의 힘을 아우르고 있는 심안은 그렇게 판단했다.

"나는 성족의 정수 네 개가 필요해."

그 말에 하리엘이 손을 뻗었다. 우리엘, 카리엘, 라리엘. 세 명의 대천사의 시체. 검은색 잿더미로부터 정수를 뽑아냈다.

뒤에서 대기하던 꼬꼬가 키엑! 하고 울음소리를 냈지만, 딱히 움직이지는 않았다. 꼬꼬는 언제나 그렇듯 약자에게 강하고 강자에게 약했다.

붉은색, 푸른색, 녹색. 어른 주먹만 한 크기의 마나 응집구가 허공에 둥둥 떴다.

'저게…… 대천사들의 정수.'

한눈에 보아도 마나가 응축되어 있는 것이 보인다.

"성족들의 정수. 당신도 필요하겠지만. 나 역시 이것들이 필요해요. 나는 타락 천사들의 왕. 천사들의 정수를 섭취함으로써 나는 더욱 강해질 테니까."

한주혁이 인상을 찡그렸다. 빠르게 귓말을 보냈다.

-데미안. 혹시라도 놈이 성족의 정수를 먹을 것 같으면 바로 공격해.

데미안이 가볍게 고개를 끄덕였다.

데미안은 어차피 더 이상 '사는 것'에 미련이 없다. 드라칸 방주의 화포가 자신을 노리고 있든 말든 상관없다. 그저 계약 상위주체의 시나리오를 도와주기만 하면 된다는 생각이다.

한주혁이 말했다.

"성족의 정수를 내게 넘기는 게 좋을 거야."

"방금 내 힘을 보고 나서도. 그런 말이 잘도 나오는군요. 당신이 내게 큰 도움이 됐기에 나는 당신을 살려두고 있는 거예요."

한세아가 침을 꿀꺽 삼켰다.

'대천사라는 애들은 무슨⋯⋯.'

말만 해도 몸이 짓눌리는 것 같은 기분이 들었다. 압도적인 중압감. 숨을 쉬기도 힘들었다. 이런 대천사들을 순식간에 셋이나 없애 버린 하리엘이다.

'오빠는 도대체 무슨 생각으로 저렇게 배짱을 부리는 거야?'

지금은 번지수를 잘못 찾은 것 같다. 하늘 위에 떠 있다는 '천공 요새 드라칸 방주'는 정말 위험하다. 까딱 잘못했다가는 몰살당할 수도 있지 않은가.

한주혁이 피식 웃었다.

"할 수 있었다면 지금 우리를 모두 죽였겠지."

"용기인가요, 만용인가요?"

악마의 대저택이 부르르 떨리기 시작했다. 아까와 같은 알림이 들려왔다.

-천공 요새 '드라칸 방주'의 화포 132문이 악마의 대저택을 노리기 시작합니다.

-천공 요새 '드라칸 방주'의 화포가 정조준을 완료하였습니다.

천세송은 찔끔 놀랐다. 아까 대천사들이 이 공격에 죽었다.

한주혁이 한 발자국 앞으로 움직였다. 화포의 공격쯤은 아무렇지도 않다는 듯.

-천공 요새 '드라칸 방주'가 타깃을 설정합니다.

한주혁에게 정확한 알림이 들려왔다.

-천공 요새 '드라칸 방주'의 함포 33문이 플레이어 '아서'를 타깃으로 설정합니다.

한주혁이 씨익 웃었다. 이로써 확실해졌다.

"너. 바보냐?"

너무 대놓고 알림을 주고 있다.

만약 똑같은 상황이었다면. 아까 대천사들이 이 상황을 모를 리 없다. 그들에게도 똑같이 알림이 갔을 테니까.

그러니까 지금. 하리엘은 허세를 부리고 있는 거다.

"대천사 셋을 동시에 소멸시킬 수 있을 정도의 커다란 힘에…… 과연 아무런 제약이 없을까?"

있었다면 진작 사용했겠지.

"타락 천사는 반쯤 조화의 힘을 사용하는 개체일 거야."

하리엘에게 계속해서 걸어갔다. 둘 사이의 거리가 점점 가까워졌다.

"성족의 정수를 흡수해도 강해지고, 마족의 정수를 흡수해도 강해져."

그렇다면.

"왜? 최강의 마족 데미안과 상위 서열의 마족들이 이 자리에 있는데, 그들을 공격하지 않았을까?"

어깨를 으쓱했다.

"나는 뭐. 큰 도움을 줬으니 그렇다 치고."

하리엘 바로 앞에 섰다. 하리엘은 여전히 무시무시한 중압감을 내뿜은 채. 그 자리에 서서 한주혁을 노려봤다.

'인간 주제에……'

인간에게 기세로 밀릴 수 없다.

'인간 따위가……'

조화의 힘을 손에 넣은 게 확실했다. 날개에 힘을 꽉 줬다.

'한낱 인간의 기세가……'

자신의 생각을 훨씬 웃돌았다.

물론 인간 한 명만 있었다면 문제될 것이 없다. 문제는 이곳에 '아이템을 들고 있는' 데미안과 마족들이 존재하고 있다는 것.

한주혁이 씨익 웃었다.

"성족의 정수. 넘겨. 나도 필요하니까."

카르티안의 정수를 섭취했고, 이후 데미안의 정수도 먹을 거다. 그것과 어느 정도 균형을 맞추려면 네 명의 대천사. 그들의 정수가 필요하다.

'타락 천사는…… 추후 시나리오 진행에 필요할 테고.'

죽일 수는 없다. 그래도 협박은 가능하다.

"안 넘기면…… 너도 이 자리에서 죽어. 타락 천사도 정수를 가지고 있겠지?"

한주혁의 말에 마족들의 몸이 움찔했다. 그들이 원하는 건 하나였다.

'유니크급 아이템!'

'이번에는 내가 활약한다.'

'반드시 내가……!'

저 절대악이 신호만 주면 언제든지 튀어 나갈 준비가 되어 있다. 원래 대천사 넷을 사냥할 준비로 왔는데, 이제는 하나로 줄었다.

하리엘이 주변을 한번 둘러봤다.

'뒤를…… 너무 생각하지 않았어.'

대천사 셋을 죽인다는 생각에 너무 사로잡혔다. 드라칸 방주의 힘을 드러내면, 인간이 알아서 길 것이라고 생각했는데. 오히려 그 반대였다.

'내가 협박당하는 꼴이라니.'

생각지도 않았던 상황이다.

"여기."

붉은색 정수를 넘겼다.

"하나를 드릴게요. 더 이상은 안 돼요."

한주혁은 대놓고 뒤를 돌아봤다. 빈틈투성이다. 하지만 하리엘은 움직이지 못했다. 아예 배짱을 부리고 있는데. 빈틈이 많이 보이는데. 마족들 때문에 움직이지 못하고 있다.

'미친 자식.'

이 정도면 기세 싸움에서 완전히 패배했다고 해도 과언이 아니었다. 자존심이 구겨졌다.

"데미안. 앞으로 하리엘이 내 말을 거부할 때마다. 날개를 하나씩 잘라. 꼬꼬, 라이폰들 앞으로 보내."

라이폰이 끼긱! 소리를 내며 하리엘을 둘러쌌다. 데미안이 천벌의 단도를 든 상태로 고개를 끄덕이고, 마족들이 한 발자국 앞으로 움직였다.

심상치 않은 분위기. 특히나 눈알을 까뒤집고 덤벼들 것만 같은, 반쯤 미친 마족들의 분위기를 읽은 하리엘이 결국 백기를 들었다.

이 미친 플레이어에게는 강짜가 통하지 않는다는 사실을 완벽하게 깨달았다.

하리엘이 말했다.

"세 명의 정수를 모두 넘겨 드리죠."

"안 돼. 네 개."

하리엘을 죽일 생각은 없다. 그렇지만 필요한 것은 정수 네 개다. 천세송도 그 사실을 알고 있다.

그런데 하리엘에게 네 개를 요구하고 있다. 마치 하리엘을 죽일 것처럼. 마족들을 의식한 하리엘은 아무런 말도 하지 못하고 침묵을 지키고 있는 상황.

이쯤 되니, 천세송은 궁금해졌다.

'오빠는…… 어떻게 하려는 걸까?'

하리엘이 날개를 부르르 떨었다.

'미친 자식……'

말로 내뱉지는 못했지만 속으로 한주혁을 욕했다. 이건 도대체 어떻게 생겨먹은 인간이란 말인가.

한주혁이 다시 말했다.

"4개."

협상의 여지는 없다는 듯. 손가락 네 개를 펼쳤다.

"……"

하리엘은 아무런 말도 하지 못했다. 잘못 말했다가는 정말로 날개가 하나씩 잘릴 테니까.

저 인간이 말한 대로 드라칸 방주는 사용할 수 없다. 드라칸 방주를 사용하려면 4명의 대천사가 한 자리에 있어야 한다.

4명의 대천사가 마계나 천계가 아닌 곳에서 동시에 하나의 세력을 상대하고 있는 상황. 그때 다른 3명의 대천사가 사용을 승인해야만 비로소 '드라칸 방주'를 사용할 수 있다.

지금의 드라칸 방주는 있으나 마나 한 물건이다.

"응. 4개."

하리엘은 순간 인상을 찡그릴 뻔했다. 자신은 아무 말도 안했다. 아무 말도 안 했는데 4개를 외치다니.

하리엘이 일단 말했다.

"그……"

뭐라고 말해야 하지.

'악독한 새끼.'

한주혁이 고개를 절레절레 저었다.

"4개."

"……아무 말도 안 했다만."

"4개."

"……"

이쯤 되니 한세아도 궁금해졌다.

오빠가 무슨 수를 쓰려고 저렇게 억지를 부리고 있는 걸까. 성족의 정수 4개를 뽑아내려면 결국 하리엘을 죽여야 한다. 그런데 하리엘을 죽일 생각은 없어 보인다.

'죽이려면 진작 죽였지.'

드라칸 방주가 유명무실해진 지금, 마음만 먹으면 하리엘을 얼마든지 죽일 수 있었으니까.

'뭘까?'

오빠가 심안으로 무엇인가를 알아낸 걸까?

한주혁이 말했다.

"내 말을 제대로 이해하지 못한 것 같네. 길게 설명해 줄게."

"……."

"나는 카르티안의 정수를 섭취했고 이후 데미안의 정수까지 섭취할 예정이야."

믿을 수 없다는 듯. 하리엘이 데미안을 쳐다봤다. 데미안은 무표정으로 하리엘을 응시했다.

하리엘의 날개가 다시 한번 바르르 떨렸다.

"인간의 몸으로 마족의 정수를 두 개씩이나 섭취할 수 있다고 생각하는가?"

"그건 네가 알 바 아니고."

원래대로라면 안 된다. 카르티안의 정수만 먹었을 때도 몸이 폭주했었다. 원래의 몸으로는 안 되지만, 이미 종족 값을 한참 초월했다. 그뿐만 아니라 혼돈수의 씨앗이 가진 조화의 힘으로 마족과 천사의 힘을 버무리고 있다.

"그래서 마족의 힘에 버금가는 성족의 정수가 필요한 거야. 이제 이해됐지?"

"……."

하리엘은 이해할 수 없지만 이해하기로 했다. 저 콧대 높은 데미안이 어째서 저 인간에게 정수를 넘겨주려는 건지도 모르겠다. 저 인간이 어떻게 카르티안의 정수를 먹은 건지도 모르겠다. 도무지 모르겠는 것투성이다.

"그러니까 결론은."

한주혁이 히죽 웃었다.

"4개."

한주혁은 만족스러운 미소를 지었다.

'역시 쪼면 나온다.'

질로 안 되면 양이다. 어찌됐든 마력과 성력의 비율을 대충 맞춰놓기만 하면 되는 것 아니겠는가.

한주혁이 말했다.

"천사들도 많이 죽일 수 있고. 좋네. 타락 천사가 원하는 거 아니야?"

"……."

하리엘은 말하고 싶었다. 이 악마 같은 새끼, 아니, 이 악마 새끼.

"서로가 원원이네. 그렇지?"

부정할 때마다 데미안이 자신의 날개를 자른다고 했다.

하리엘은 이를 악물고 고개를 끄덕였다. 자신이 인간의 협박에 못 이겨, 대규모 천사 군단을 소환하게 될 줄이야.

라이폰들은 신이 났다. 천사의 날개로 포식했다. 하리엘이 천사 군단을 소환했기 때문이다.

키에에엑!

꼬꼬가 열심히 날았다. 잿더미들을 쉴 새 없이 쪼았다.

키에엑!

이걸 주우면 주인님이 좋아한다!

키엑!

내놔라! 내놔!

그러면 또 검은색 맛있는 돌을 줄지도 모른다. 인간들이 말하는 블랙 스톤. 그것은 정말 눈물이 쏙 나올 만큼 맛있다. 황홀한 맛. 그것을 위해 꼬꼬는 쪼고 쪼고 또 쪼았다. 성족의 정수들이 줄줄이 뽑혀 나왔다.

하리엘은 기가 차서 말도 하지 못했다.

'성족의 정수를 뽑아내는 몬스터가 존재했다고⋯⋯?'

대천사는 물론이거니와 마계 서열 최상위의 마족들도 이런 건 불가능하다. 그런데 저 불꽃 새에게 이런 능력이 있다니. 이런 얘기는 살아생전 들어본 적이 없다. 전설로도 못 들어봤다.

한주혁은 성족의 정수를 무려 200개나 획득할 수 있었다. 다시 말해 200 이상의 성족을 사냥했다.

재미있는 건, 성족들은 한주혁이 아닌 하리엘을 비난했다.

"이 더러운 타락 천사야⋯⋯!"

사냥의 주체는 한주혁을 비롯한 마족들과 라이폰. 그렇지만 제일 나쁜 역할은 하리엘이 도맡았다.

'좋네.'

비록 최상급 정수들은 아니지만, 그 숫자가 무려 200개다.

대천사의 정수가 3개. 그냥저냥 평범한 정수가 200개. 이 정도면 마력과 성력의 비율을 얼추 맞출 수 있겠다는 판단이 섰다.

한주혁은 마족들의 공로도 잊지 않았다.

"시르티안에게 영상을 전송하여 각자의 공에 따라 아이템을 차등 지급하겠다."

모두가 이겼다. 라이폰은 포식해서 좋고. 마족들은 아이템을 얻어서 좋고. 자신은 성족의 정수를 얻을 수 있어서 좋고. 타락 천사도 대천사 셋을 한꺼번에 죽일 수 있어서 좋고.

그날 로그아웃을 한 한세아가 한주혁에게 물었다. 한세아는 진심으로 궁금했다.

"오빠. 근데 하리엘이 천사들을 소환할 거라는 걸 이미 알고 있던 거야?"

오빠라면 그럴 수도 있겠다 싶다. 상식을 아득히 초월한 플레이어니까. 그럴 수 있지 않을까. 생각을 했는데 대답이 가관이었다.

"아니? 내가 신이냐? 그걸 어떻게 알아?"

"근데 계속 4개라고……."

뭔가 방법이 있는 걸 안다는 것처럼. 굉장히 당당하게 4개를 주장했었다. 그때의 단호함이란, 마치 강철과도 같아서 한세아마저 오빠에게 엄청난 계략이 있다고 느꼈을 정도였다.

"내 사정 아니잖아."

"……."

"내 사전에는 불가능이란 없어. 하리엘한테는 있을지도 모르겠지만."

"……."

4개가 실제로 있든 없든 그건 중요하지 않다. 어쨌든 결과는 좋게 나왔다.

"4개 없으면 4개 만들어 오겠지."

시나리오 때문에 살려뒀다.

"그게 아니라면…… 최후의 수단으로는 놈을 죽여서 얻는 방법도 있었고."

"아……."

결국 오빠에게 엄청난 혜안이 있었던 건 아닌 것 같다. 그냥 마구잡이로 몰아붙였던 것 같다.

이쯤 되니 타락 천사들의 왕. 하리엘이 조금 불쌍해질 지경이었다.

'어째…… 오빠 적들은 다 불쌍한 거 같기도 하고.'

살다 살다 대천사 셋을 한 번에 학살한, 무려 타락 천사의 왕을 불쌍하게 느끼다니.

"오빠는 참……. 여러모로 대단해. 인성이 기가 막혀."

한주혁이 피식 웃었다.

'어찌 됐든 놈은 살렸어.'

무려 '최상위 등급'에 해당하는 천공 요새 '드라칸 방주'를 운용하는 개체다. 이 '최상위 등급'이 곧 이 세계를 주관하는 '제우스의 의지'가 아닐까 싶다.

'여기서 죽어야만 하는 개체였다면……. 그런 말도 안 되는 물건을 소유하고 있을 리는 없겠지.'

분명 이후에 쓰임이 있을 거다. 그게 뭐가 됐든.

한주혁은 한세아를 내보낸 뒤. 침대에 누워 천장을 쳐다봤다.

'제우스가 그리고 있는 그림. 나는 잘 따라가고 있어.'

한세아에게 막무가내식으로 얘기하기는 했지만, 한주혁은 거기서 사실 한 가지를 시험하고 있었다. 만약 하리엘에게 성족의 정수를 줄 수 있는 '최후의 방법'이 없었다면, 결국 한주혁은 하리엘을 죽였을 거다. 성족의 정수가 필요하니까.

그런데 하리엘에게는 최후의 방법이 있었다.

'최후의 방법이 존재했다는 건…… 하리엘이 살아야만 하는 시나리오상의 어떤 이유가 있다는 거겠지.'

그게 곧 제우스의 의지이고, 제우스가 그리고 있는 그림이다. 자신은 그 그림을 망치지 않았다. 제우스가 만들어가는 퍼즐의 끝이 무엇인지는 자신도 모른다.

잠이 쏟아졌다.

'확실히…… 체력 소모가 크네.'

대천사들을 상대하는 과정에서 심력 소모를 많이 했다. 현실의 육체가 굉장히 피곤했다. 약간만 휴식을 취하고서 다시 접속하기로 했다.

시르티안이 마족들에게 아이템을 분배했다. 최소 레어급 아이템. 유니크급 아이템도 하나 뿌렸다.

마족들은 그에 대해 굉장히 만족했다. 마계의 아이템 혁명은 점점 더 커다란 바람, 아니, 태풍이 되어 마계를 휩쓸고 있는 중이다.

한편, 한주혁이 이주랑에게 말했다.

"주랑 씨에게 새로운 권능을 부여할까 합니다."

새로운 권능. 에르페스 메인 퀘스트 92번을 클리어한 것에 대한 보상.

"제 권속에게 권능을 부여할 수 있어요."

"……."

이주랑은 여전히 사무적인 표정으로 한주혁을 쳐다봤다.

한주혁은 그 이주랑의 표정을 이제, 조금이나마 읽을 수 있게 됐다.

'조금 기뻐하는 거 같은데?'

한주혁쯤 되는 스탯의 눈썰미로 살펴봐야만 겨우 보일 정도. 입가가 아주 미세하게 떨리고 있었다. 정말 집중해서 봐야만 보일 정도. 현미경을 대고 봐야 보일 정도로 아주 미세한 진동이, 그녀의 입가 끝에서 관찰됐다.

'기뻐한다……!'

이주랑은 지금 분명 기뻐하고 있었다. 한주혁은 괜히 흐뭇해졌다.

-'권속 권능 부여-워프' 권능을 사용합니다.

당연히 그 상대는 이주랑이다.

이주랑은 또 무표정으로 가만히 서 있기만 했지만, 한주혁은 그 표정을 읽을 수 있었다.

'지금 되게 기쁜데?'

누가 봐도 무표정이지만, 한주혁의 눈에는 보였다. 저 정도면 지금 엄청 웃고 있는 거다.

이주랑의 얼굴이 빨갛게 달아올랐다. 물론 한주혁의 눈으로만 그랬다. 좀 더 객관적인 시선에서 표현하자면, '이주랑의 귓가에 존재하는 모세 혈관 몇 개에 혈류량이 조금 늘어났다' 정도로 표현할 수 있겠다.

이주랑이 말했다.

"능력 확인을 완료했습니다."

"어때요? 어떤 능력이죠?"

"권능의 귓말이 닿는 모든 곳에 워프가 가능합니다."

"……네?"

"아서 님께서 누군가에게 권능의 귓말을 보내면, 그 좌표가 제 워프 지도에 자동으로 입력됩니다. 워프 포탈이나 몬스터 스톤의 소모 없이 그곳으로 이동할 수 있습니다. 횟수는 하루에 1회로 제한되어 있습니다."

한주혁이 씨익 웃었다.

좋다. 저 말을 다시 하자면, 적어도 하루에 한 번은 그 어디로든 이동이 가능하다는 것 아니겠는가.

"다만…… 권능의 귓말을 사용한 주체와 물리적 접촉이 있는 경우에 한합니다."

이주랑이 굉장히 사무적인 태도로 말을 이었다.

"걱정 마십시오. 손가락 끝만 접촉하겠습니다."

시범을 보이듯, 이주랑은 검지손가락으로 한주혁의 손등을 아주 살짝 콕 찔렀다.

"접촉이요?"

"예. 이렇게만 해도 가능합니다. 접촉만 있다면 워프가 가능하다는 것을 확인했습니다."

이주랑에게 '권능 부여'를 마친 한주혁은 힐스테이로 움직이기로 했다. 체력도 어느 정도 회복했겠다, 이제 중앙 제단 앞에서 정수들을 섭취하면 될 것 같다.

그때 강재명에게 연락이 왔다.

-잠시…… 급한 얘기를 나누어야 할 것 같습니다. 문제가 좀 생겼습니다.

그 문제. 한주혁 본인과 관련된 문제는 아니었다.

-란돌 왕자님과 관련된 문제입니다.

강재명이 이렇게 직접 연락할 정도면 꽤 큰일이라는 얘기
인데.

-란돌이요? 저한테는 아무런 말도 없었는데.

-아마 절대악께 폐를 끼치는 것이라 판단한 것 같습니다.
아마 끝까지 도움을 요청하지 않으실 것 같습니다.

한주혁은 잠자코 강재명을 말을 들었다.

들어보니 파이라 대륙에 문제가 조금 생긴 것 같다. 조금이
아니라 많이.

'파이라 대륙에……'

문제가 생겼는데 란돌은 자신에게 도움을 요청하지 않았
다. 그 스스로 해결하고 싶었던 모양이다.

강재명의 말이 맞는 것 같다. 자신에게 도움을 요청하는 것
이, 자신에게 폐를 끼치는 거라고 판단한 것 같다. 그래서 침
묵하고 있는 것 같다.

한주혁이 인상을 잔뜩 찡그렸다. 권능의 귓말을 보냈다.

-란돌. 거기서 딱 기다려요.

내 친구. 누가 괴롭히냐.

한주혁이 이주랑의 손목을 덥석 잡았다.

"방금 전송된 좌표로 이동하죠."

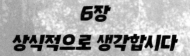

6장
상식적으로 생각합시다

란돌은 지금 궁지에 몰려 있는 상태다.

그는 파이라 대륙 광산에서 채굴되는 몬스터 스톤을 대량으로 빼돌려 사적으로 사용한 혐의를 받고 있었다.

왕가 소유의 재산도 아닌 일반 국민들에게 제공되는 몬스터 스톤을 대량으로 빼돌렸다고 알려져 왕가의 명예가 실추되었으며, 제1왕자 그러니까 란돌의 형과 함께 공작하여 파이라 대륙에 존재하는 광산 소유권을 절대악에게 팔아넘겼다는 여론이 형성되어 있었다.

란돌은 심란해졌다.

'이렇게 깊게까지 들어왔을 줄이야.'

아마도 태르민일 거다. 형마저 집어삼킨 건지, 아니면 어떤 영향을 끼쳐서 승인을 내린 건지 모르겠다. 하여튼 왕가 공식

문서에 분명 명시되어 있었다.

'누군가에게 광산들을 넘기기는 했는데……'

그 모든 것들이 초대 국왕이 '국민들을 위한 광산'으로 선포했던 것들이었다.

'그 누군가는 한국의 플레이어.'

그리고 란돌과 절대악이 친하다는 사실은 누구나가 아는 사실이다.

국민들 입장에서는 왕족에게 거하게 배신을 당한 셈이다. 란돌의 아버지인 현 국왕마저도 란돌을 크게 질책하고, 궁에서 쫓아내겠다고 으름장까지 놓은 상태.

'대량의 몬스터 스톤이 빠져나간 건 맞아.'

흐름을 추적해 보니 센티니아&루니아 대륙으로 향했다. 또 일부는 모르골 제국으로 넘어갔다. 태르민의 짓이 맞는 것 같다.

'군자금 확보.'

아마 태르민은 지금 절대악에게 이를 갈고 있을 거다. 절대악을 추락시키기 위해 모든 수단과 방법을 동원할 터.

'모든 조건을 고려했을 때. 파이라 대륙은 좋은 먹잇감이었다.'

일단 파이라 대륙은 외국인의 출입이 거의 불가능한 곳이다. 폐쇄적인 필드라는 뜻이다. 외부의 도움을 기대하기 어렵다.

'형은 야반도주한 상태.'

야반도주인 건지. 태르민에 의해 조종당해 어디론가 스스로 가버린 건지. 알 수 없었다.

'여론은 최악.'

란돌은 국민의 힘이 얼마나 큰지, 얼마나 대단한지. 눈으로 직접 봤다.

한국에 불어닥친 절대악 열풍. 그리고 촛불 혁명. 신귀족 프로젝트를 진행 중이던 수많은 기득권을 끌어내리고, 거기에 더해 대통령까지 갈아치웠다.

란돌은 생각했다.

'국민이 곧 나라다.'

자신은 왕족이지만, 왕족이라고 해서 이 나라가 자신의 것이라고 생각하지는 않았다. 중세 시대도 아니지 않은가.

이 세계의 왕족은 무거운 책임과 권리를 함께 갖는다. 책임과 의무를 다할 때, 그때에 비로소 권리가 생긴다.

지금 자신은 왕족으로서의 체면과 체통을 모두 버렸고, 책임과 의무를 내던져 버렸다. 겉으로 보기에는 그랬다.

'절대악에게도 정보는 전달해야 해.'

그래야 상황을 알 테니까.

그렇지만 함부로 연락하기가 껄끄러웠다.

'내 사정을 알게 된다면…… 나를 어떻게든 도우려고 할 텐데.'

하지만 이곳은 파이라 대륙이다. 외부에서 도움을 주기가 어렵다. 지금 이 모든 일들은 올림푸스 대륙 내에서 이루어진 일이니까.

손등 키스로 인하여 워프 지도를 획득했다고는 해도, 바로 이동할 수 있는 건 아니다. 파이라 워프 관리국의 승인도 있어야 하는 데다가 지금 절대악이 매우 바쁜 것도 안다.

'내 일로…… 괜히 방해할 수는 없지.'

지금 타이밍이 절대악에게도 중요한 타이밍이다. 마족의 정수와 성족의 정수를 흡수하여 절대자로 거듭나려는 타이밍. 그런 타이밍에 괜히 신경 쓰게 하고 싶지 않았다. 정보는 전달하되, 도움을 요청하고 싶지는 않았다.

'내 스스로…… 어떻게든.'

어떻게 해야 할지 고민하고 있을 때에 강재명이 파이라 대륙의 소식을 발 빠르게 알아냈다. 이것에는 미국 백악관의 도움이 컸다.

미국 대통령이 말했다.

"정보당국이 일을 열심히 하고 있네."

대통령은 흐뭇했다. 란돌은 절대악과 친구다. 거의 유일하다시피 한 친구. 그런 친구가 곤경에 빠졌다는 정보를 제법 상세하게 알아내서 전달했다.

캡틴도 흐뭇해졌다.

"다행입니다. 절대악에게 상황을 전할 수 있어서."

"그렇지. 우리한테 조금은 고마워하겠지?"

"절대악은 원수를 잊지 않지만, 은혜도 잊지 않으니까요."

그들이 파악하기로는 그랬다.

절대악은 절대적인 영웅은 아니다. 다만, 받은 만큼은 돌려준다. 그렇기에 절대악에게 잘 보이기 위해 혈안이 된 상태다.

"계속해서 정보 파악하고. 내 생각에는 이거, 함정 같거든."

"저도 그렇게 생각합니다. 정신 지배가 특기인 태르민이 활발하게 움직이는 것 같기도 하고요."

"그렇겠지."

밖에서 보면, 그리고 태르민의 능력을 알고 있으면 단순한 얘기지만 아마도 파이라 대륙 내에 있는 사람들에게는 그렇게 간단한 얘기는 아닐 터.

"파이라 대륙의 명예가 땅에 떨어졌다고 생각할 겁니다. 거의 반란에 준하는 상황이 일어날 수도 있습니다. 그들은 명예를 그 누구보다도 중요시하니까요."

파이라 대륙 국민들은 지금 란돌과 '1왕자'를 폄하하며 이렇게 부르기도 했다.

"친한파에 나라를 팔아먹었다는 여론이 강세입니다."

미국 대통령이 고개를 끄덕였다.

"그들이라면 그럴 수 있지."

일단 상황은 강재명에게 전달했다. 미국은 미국 나름대로 준비하기로 했다.

"우리는 지원할 수 있는 것이 있다면 바로 지원할 수 있어야 돼. 만반의 준비를 갖추고 있도록."

상대가 절대악이니까. 절대악에게는 아주 약간의 은혜라도 입혀놓는 것이 장기적으로 봤을 때 큰 이득이다. 과장을 조금 하자면, 절대악이 입김 한번 불면 미국 대통령이 바뀔 수도 있다. 다른 사람은 몰라도 대통령 그 자신은 그렇게 생각했다.

캡틴이 대답했다.

"알겠습니다. 만반의 준비를 갖추겠습니다."

이주랑은 순간 심장이 쿵! 하고 내려앉는 느낌이 들었다. 그래서 저도 모르게. 속으로만 말했다.

'심장아. 나대지 마.'

절대악에게 손끝을 살짝 갖다 대었을 때에는 정전기가 난 것 같았다. 뭐랄까, 심장이 따끔한 것 같은 그런 느낌이랄까. 그런데 손목을 잡힌 지금은 심장이 폭주할 것 같았다.

'정신 차려.'

정신 차려야 했다. 이주랑은 한주혁을 이성으로 보지 않는다. 더 정확히 말하자면 이성으로 보지 않기 위해 무던히 노력하고 있다.

한주혁은 곧 결혼할 남자다. 그런 남자를 마음에 품지 않기 위해 머리로 열심히 노력하고 있다. 그게 마음처럼 쉽지만은 않았지만.

'나는 한주혁 씨를 남자로 보지 않아.'

보지 않아야 한다.

'좋아하는 마음도 아니고 사랑도 아니야.'

단순히 사랑이라기보다는 거의 사모에 가까운 마음이다. 이주랑 스스로는 그 사실을 잘 알고 있다.

하지만 인정하지 않기로 했다. 한주혁과 천세송 사이가 얼마나 돈독한지도 알고 있고, 그 사이에 끼어들 생각도 없었으니까.

목소리가 들려왔다.

"이주랑 씨?"

"치, 치킨은 맛있습니다."

"……예?"

예전 구본부 연합장이 그랬다. 이주랑은 당황하면 헛소리를 한다고. 그냥 그런가 보다 하라고. 약간 틱 같은 거니까 이해해 달라고. 그렇게 말했던 게 기억났다.

한주혁은 이주랑이 왜 당황했는지 알 것 같았다.

'아…….'

지금 이주랑은 흥분한 것이 틀림없다. 이주랑은 워프 마스터. 워프로 새로운 길을 개척하는 것을 즐거워하는 플레이어다. 애초에 그런 클래스다.

"이주랑 씨의 흥분을 이해해요."

"……."

한주혁은 피식 웃었다.

이주랑의 얼굴이 이렇게 대놓고 붉어지는 날이 오게 될 줄이야. 다른 곳도 아니고 미지의 대륙. 외국인에게는 그 출입이 시스템적으로 거의 금지되어 있다시피 한 파이라 대륙. 몬스터 스톤의 대륙. 신비의 대륙으로 한 번에 워프한다는 것이 얼마나 신나는 일이란 말인가. 적어도 워프 마스터에게는 그렇지 않겠는가.

이주랑이 간신히 말했다.

"저는 흥분하지 않았습니다."

"네. 그런 거로 해요."

이주랑의 신경이 온통 자신의 손목을 잡은 한주혁의 손을 향했다.

절대악, 아니, 절대자의 손이라서 그런 건지 손이 크게 느껴졌다. 커다란 손바닥 안에 갇힌 것 같은 그런, 괴상하지만 그렇게 나쁘지만은 않은 기분이 들었다.

이주랑은 스스로를 계속해서 다독였다.

'정신 차리자.'

한주혁이 말했다.

"얼마나 떨리겠어요. 이렇게 이동하는 최초의 워프 플레이어일 텐데. 말 그대로 세계 최초의 업적 달성이네요. 축하해요."

"……."

"가죠. 저 급해요."

이주랑이 평소처럼 쌀쌀맞은 태도로 대답했다.

"알겠습니다. 이동하겠습니다."

한주혁은 파이라 대륙으로 이동했다.

한주혁이 이동한 곳은 다름 아닌 올림푸스 내 란돌의 성 중하나인 '레페토'였다.

레페토는 란돌이 다스리는 영지이며, 영지 내에 거대한 광산인 '플래트 광산'이 존재하고 있다.

왕성은 썰렁했다.

"바깥에 많은 숫자의 플레이어들이 느껴지네요."

파이라 대륙은 특이하게도 NPC의 숫자보다 플레이어들의 숫자가 많다. NPC들은 보조적인 역할을 하고 있고 대부분의 일들을 플레이어가 주도적으로 처리하는 특수한 대륙이다.

"적의도 느껴지고."

안에는 사람이 없다. 밖에만 사람이 있다. 마치 지금 당장에라도 공격할 것처럼.

"란돌의 성을 무너뜨리려는 거 같네요."

한주혁이 인상을 살짝 찡그리고서 성벽을 향해 걸었다.

"지키는 사람은 없고. 치는 사람만 있다는 거네."

아니, 등신들인가.

"내가 뭐가 아쉬워서 란돌한테 광산을 받아요?"

반대로 란돌이 뭐가 아쉬워서 절대악에게 광산을 넘긴단 말인가.

한주혁이 본 란돌은 그렇게 어리석은 사람이 아니었다.

"란돌이 가진 광산에는 블랙 스톤도 안 나오는데. 나도 광산 있는데."

란돌이 약간 떨떠름한 태도로 말했다.

"이곳까지 어떻게 오셨습니까?"

"저한테는 워프 마스터가 있잖아요."

워프 마스터. 이주랑의 얼굴이 조금 붉어져 있었다. 란돌도 이주랑의 저렇게 붉은 얼굴은 처음 본다.

그는 여기까지 이동하느라 체력을 많이 소모해서 그런 것이리라 짐작했다.

'워프 마스터가 새로운 능력을 개화했구나.'

무려 파이라 대륙까지 한 번에 날아오다니. 이 정도면 세계에 존재하는 그 어떤 대마법사보다도 훨씬 더 강력한 워프를 구사하는 게 아닐까 싶다.

한주혁이 말했다.

"태르민이 주도적으로 국민들을 선동하고 있는 것 같네요. 걔, 선동하는 거 되게 잘하거든요."

한주혁은 한국의 기득권들에 대해서 잘 안다.

그 기득권들이 태르민의 수족이었다. 한국에서 했던 대로. 이곳에서도 똑같이 움직였을 거다.

"저 란돌한테 좀 서운하네요. 그래도 친구라고 믿었는데."

"……"

란돌은 순간 아무 말도 하지 못했다.

그가 겨우 입을 열었다.

"지금…… 많이 바쁘시다 들었습니다."

"그래도 란돌의 일보다 바쁘지는 않죠."

한 명 있는 친구 아닌가.

"잠깐만요. 나갔다 올게요."

"죽이면 안 됩니다. 파이라 대륙의 플레이어들은 한 번의 죽음이 곧 델리트입니다."

"안 죽일게요."

죽일 생각은 없다. 성난 민심을 무력으로 제압하는 것은 그렇게 훌륭한 방법이 아니라는 사실을, 한주혁도 잘 안다.

한주혁도 대중을 상대로 폭력을 휘두른 적은 없다. 대중을 향해 폭력을 휘두르고 제 입맛대로 다스리려던 기득권이 어떻게 되었는지. 똑똑히 봤다.

'아니, 그래도 머리가 있으면 생각이란 걸 좀 해야지.'

한주혁이 성벽에 올라섰다.

성벽 밑에서 '레페토'를 칠지 말지. 최후의 결정을 하던 수많은 플레이어들이 한주혁을 발견했다.

"절대악이다."

"절대악……?"

그들은 이 상황을 이렇게 해석했다.

"역시 란돌은 친한파가 맞았어."

"나라를 팔아먹을 가증한 놈 같으니라고."

원래대로는 올 수 없는 곳이다. 그런데 이곳에 한국 플레이어인 절대악이 모습을 드러냈다. 친한파인 란돌이 어떤 수를 썼겠구나. 저들은 그렇게 생각할 수 있다.

그걸 이해하고 있는 한주혁이 어깨를 으쓱했다.

"님들아. 님들 광산에 이거 나와요?"

한주혁의 손에는 블랙 스톤이 들려 있었다.

플레이어들은 순식간에 조용해졌다.

블랙 스톤. 세계의 보물. 파이라 대륙에서도 채굴하지 못하는, 오로지 절대악만이 얻을 수 있는 최상위 등급의 몬스터 스톤이다.

"아니, 인간적으로 이것도 안 나오는데. 내가 그걸 왜 탐내요? 상식적으로 생각 좀 해봅시다."

한주혁이 씨익 웃었다. 시선 끄는 것에는 성공했다.

시간을 확인했다.

'남은 시간은 3일 8시간.'

이 안에 처리하고 힐스테이로 돌아가야 한다.

'어그로는 제대로 끌었으니까.'

이제부터가 시작이다.

한주혁의 말을 요약하자면 '너네는 이것도 없잖아'였다.

플레이어들은 한주혁을 올려다봤다. 생각해 보니 그것도 그렇다. 절대악이 왜 굳이 파이라 대륙의 광산을 노린단 말인가.

누군가가 크게 외쳤다.

"파이라 광산들의 가치는…… 무궁무진하기 때문이다."

한주혁은 거기서 무엇인가를 느낄 수 있었다.

'이거.'

정확히 무엇인지는 모르겠지만, 일반적인 외침은 아니었다. 심안에 뭔가가 잡혔다. 저 플레이어가 말을 하는데, 마나가 요동치고 있다. 이 마나의 요동과 흐름이 다른 플레이어들에게 어떤 영향을 끼치는지는 모르겠다.

'우연은 아니야.'

아마도 '선동 스킬'과 같은, 정신적으로 어떤 영향을 끼치는 능력을 갖고 있으리라 짐작이 됐다.

"본래 99를 가진 자가 100을 채우기 위해 1을 가진 자의 것을 빼앗는 법!"

한주혁이 피식 웃었다.

"그건 99밖에 못 가져봐서 그래요."

99를 가졌으면 100을 채우기 위해 노력할지도 모른다. 불의를 저지를지도 모른다.

"근데 9,999 정도 가졌으면 10,000 채우려고 발악 안 해요."

물론 발악을 할 수도 있다. 이 세상에는 그런 사람들이 분명 존재한다.

"발악하는 놈이 나쁜 놈인 거지."

정당한 발악이 아닌, 다른 누군가를 억압하고 착취하는 발악이면 나쁘다. 한주혁은 그렇게 생각한다. 이를테면 과거 한국의 기득권들처럼 말이다.

한주혁이 말했다.

"그래서. 이거 있어요?"

'이거'라 함은 블랙 스톤을 뜻했다.

"블랙 스톤 없잖아요."

한주혁은 일반 스톤에 크게 관심이 없다. 일반적인 스톤들도 많으면 많을수록 좋기는 하겠지만 한주혁의 천문학적인 재산에는 크게 영향을 끼치지 않는다.

"저번에 켈트의 진정한 유산 입장 조건. 다들 알죠?"

전 세계적으로 보도를 탔다. 누구에게나 공개된 공개 히든 피스. '켈트의 진정한 유산'에 입장하기 위한 조건이 '블랙 스톤 1,000개'였다.

"그리고 저는 그곳을 클리어한 플레이어고요."

한주혁은 여유로웠다. 수십만의 플레이어는 물론이거니와 최상위급 마족, 대천사들과도 상대했다. 여유를 잃을 이유가 없다.

"상식적으로 생각 좀 해봐요. 블랙 스톤 1,000개를 투자했어요. 그것도 히든 피스에. 제가 뭘 얻었겠어요?"

사람들은 모른다. 한주혁이 '켈트의 진정한 유산'에서 무엇을 가지고 나왔는지.

"이름부터가 유산이에요. 굳이 제 입으로 밝혀야겠어요?"

플레이어들이 술렁거리기 시작했다.

생각해 보니 블랙 스톤 1,000개를 투자할 수 있는, 천문학적인 재산을 가진 절대악이다. 지금은 세계의 영웅으로 이름을 드높이고 있다. 세계를 위해서 발 벗고 나서는, 돈 많은 영웅이 왜 멀쩡한 파이라 대륙의 광산을 탐내겠는가.

"그것은 이유가 될 수 없습니다! 저자가 여유롭다는 것이, 우리의 것을 도둑질하지 않는다는 것의 근거는 되지 않죠."

한주혁의 눈이 가늘어졌다.

'요것 봐라?'

마나의 이동이 또 있다. 마나가 분명 요동쳤다. 정신계 마법혹은 스킬이다. 이제는 확신했다.

'태르민의 수족인가?'

그렇다고 보기에는 너무 허접한데.

'태르민이 수족을 여기에 남겼을 리가 없어.'

태르민은 그렇게 허술하지 않다. 전 세계가 작심하고 쫓아도 털끝 하나 발견하지 못했다.

'여기서 빼먹을 건 이미 다 빼먹었다는 소리겠지.'

빼돌릴 수 있을 만큼. 혹은 태르민 본인이 만족할 수 있을 만큼 빼돌린 상태일 거다. 이곳에서 얻을 수 있는 것을 전부얻은 태르민은 빠져나가고, 불쌍한(?) 국민들만 남아 선동당하고 있는 거다.

한주혁은 상황을 그렇게 판단했다.

"파이라 왕가가 가진 태초의 약속에 따라. 올림푸스 설정에 따라 계약서를 공개할 수 없다는 것은 저도 잘 알고 있습니다."

그러면 란돌의 캐릭터가 삭제된다. 파이라 대륙의 왕족이 갖는 설정값이다.

"그렇지만 누군가는 그것을 교묘하게 이용했죠. 계약서를 공개하라고. 계약서에는 분명 한국 플레이어와 거래를 했다고."

한주혁이 어깨를 으쓱했다.

"그 계약서. 도대체 누가 확인했나요?"

란돌이 스스로 그것을 보여줬다면, 계약서를 외부로 빼돌렸다면.

"그러면 란돌은 델리트되었을 텐데."

플레이어들은 무엇인가 이상함을 느꼈다. 상식적으로 생각해 보면 저 말이 맞다.

"란돌 왕자가…… 델리트되지 않았네?"

"그보다 계약서의 내용은 누가 처음 보고 퍼뜨린 거지?"

한주혁은 어이가 없어 웃고 말았다.

'얘네들…… 순박한 거야, 멍청한 거야?'

모르겠다. 한국과는 정서가 달라서 그런 건가. 한국인들도 선동을 잘 당한다고 생각하지만, 이들은 차원이 달랐다. 애초에 이런 선동을 받아본 적이 없는 건가.

'하기야……'

알아서 젖과 꿀이 흐르는 대륙에 태어나 어려운 생각이라고는 별로 해본 적 없는 이들이 대부분이다.

태어나 보니 파이라 대륙에 접속할 수 있었고, 몬스터 스톤이 철철 넘쳐나는 광산들이 있다. 전 세계가 부러워하는 신생아로 태어나, 편하게 세상을 살아왔을 거다.

"일단 계약서에 명시된 한국 플레이어가 저는 아니고요."

한주혁이 쐐기를 박았다.

"만약 그게 저라면 앞으로 제게 드랍되는 모든 블랙 스톤을 파이라 대륙 국민들께 드릴게요. 약속하죠."

순간. 플레이어들은 할 말을 잇지 못했다.

'블랙 스톤……!'

단 하나만 있어도 작은 나라를 하나 살 수 있다는 어마어마한 보물. 절대악만이 구할 수 있는 세계 최고의 보물을 그냥 준단다. 이쯤 되니 절대악의 말에 무게가 실렸다.

"저 신상 다 까발려져 있어서 거짓말 못 하는 거 알죠? 공약할게요."

그러니까.

"같은 이유로 내 친구 핍박하면."

한주혁이 목을 돌렸다.

"친구이자 혈맹으로서. 그냥 두고 보지는 않을 겁니다."

당근은 충분히 줬다. 설명도 할 수 있을 만큼은 했다.

"란돌이 끔찍하게 생각하는 국민들이어서. 껌뻑 죽는 국민들이어서. 제가 이성적으로 한번 대화해 본 거예요."

먼저 성을 점거하려고 몰려온 플레이어들이다. 한주혁이 나타나지 않았다면, 먼저 성을 치고 란돌을 죽였을지도 모른다.

한주혁은 한번 참았다.

"공성전이 시작되면. 저는 무조건 란돌 편입니다."

플레이어들은 두 눈을 꿈뻑거리면서 절대악을 쳐다보기만 했다. 절대악이 수십만 플레이어들을 학살했던 장면들이, 그들의 머릿속에 재생되었다.

"되게 진부한 말인데. 란돌은 내 친구거든요."

미국 최대 연합. 어벤져스의 연합장. 캡틴은 저도 모르게 신음성을 내뱉었다. 그의 귀에 똑똑히 꽂혔다.

"친구."

저 말 되게 오랜만에 듣는다. 어벤져스 연합장으로 생활하면서. 친구라는 단어를 들어보지 못했던 것 같다.

"친구라……."

란돌이 무척 부러워졌다.

절대악이 대놓고 '친구'라고 표현한 것은 처음이다. 이해관계를 다 떠나서. 란돌이 어려워지면 무조건 도와주겠다는 절대악의 경고였다. 캡틴은 그렇게 이해했다.

"부럽구나."

캡틴만 그런 게 아니었다. 세계 굴지의 지도자들을 비롯하여 수많은 랭커들이 란돌에게 큰 부러움을 느껴야만 했다.

'게다가…… 파이라 대륙의 상황을 순식간에 정리했어.'

미국 대통령도 저런 건 못 한다. 절대악이 나타나자 상황이 정리됐다. 정말 엄청난 영향력이었다.

한편, 유럽을 대표하는 마법 연합의 연합장. 샤먼도 란돌을 부러워하고 있었다.

"세상에. 절대악이 친구라고 공표하다니."

마침 샤먼과 공동 레이드 건으로 미팅을 진행하던 검객 연합의 호크도 신음성을 삼켰다.

"파이라 대륙은…… 아니, 란돌 왕자는 무조건 안전하겠군요."

누가 감히 이 세계에서 절대악의 심기를 거스르고 란돌을 치겠는가. 태르민이라는 정체불명의 인간을 제외하고는 없을 것이다.

샤먼의 표정이 진지해졌다.

"호크. 그런데 이것이 과연 단순 친구 공표를 의미하는 것일까요?"

"……."

호크가 샤먼을 쳐다봤다. 샤먼이 무엇인가를 알아차린 모양이다.

"우리는 절대악이 어떻게 단숨에 파이라 대륙으로 넘어갔는지에 주목할 필요가 있어요."

호크는 그 말이 무슨 뜻인지 즉각 이해했다. 지금 이것은 단순히 절대악의 '우정 공표'가 아니었다.

'이건……!'

전 세계를 상대로 경고를 던지는 셈이었다.

'파이라 대륙은 지구상에서 가장 출입하기 어려운 대륙이다.'

그런데 그 대륙을 워프 한 번으로 이동했다. 그 말은 곧, 파이라 대륙이 아닌 그 어떤 대륙이라도 워프 한 번으로 이동할 수 있다는 얘기가 된다.

"우리 모두에게 경고하는 거예요. 절대악의 기동성에 대해서 전 세계적으로 알리는 거예요. 허튼짓하지 말라고."

"동시에 태르민에 대한 경고도 되겠죠."

그들이 판단하기에 절대악은 굉장히 복잡한 이유로 움직였다. 전 세계에게 자신의 힘을 과시하기 위해서.

명분도 좋지 않은가. 친구를 위해서 움직이는 영웅.

"대중들은 절대악의 인간적인 면모에 반해 환호를 하고 있어요."

"그렇겠죠."

한국에서 시작된 절대악 열풍은 이미 전 세계를 강타하고 있으니까.

영웅은 뭘 해도 멋있는 법이다. 호크는 그렇게 생각했다.

샤먼이 말을 이었다.

"하지만 우리는 조심해야 해요. 절대악이 마냥 그렇게 인간적이기만 한 것은 아니니까. 치밀한 계산을 통해 움직이는 냉혹한 영웅이니까요."

호크도 결론을 내렸다.

"알아서 기어라…… 라는 뜻으로 해석할 수 있겠네요. 굉장히 영웅다운 방식으로 모두에게 경고한 셈이군요."

세계 리더들의 생각과 다르게 한주혁은 복잡한 생각을 하지 않았다.

경고할 생각도 없었고 경고하고 싶지도 않았다. 한주혁은 정치인이 아니라 플레이어니까.

한주혁이 말했다.

"친구 좋은 게 뭔가요? 나 란돌한테 좀 서운해요."

"……미안합니다. 폐를 끼칠 수 있다고 생각했습니다."

"어쨌거나 저는 친구라고 공표해 놨으니까. 혹시라도 무슨 일이 생기면 안 되잖아요? 제 체면 구겨요. 혹시라도 일 생기면 바로 연락 줘요. 바로 날아올 테니까. 이주랑 씨 능력 봤죠?"

란돌도 이주랑의 능력에는 감탄했다. 파이라 대륙까지 뚫고 들어오다니. 과연 워프 마스터다웠다.

"하여튼 다음에 또 이러면 진짜 절교합니다."

"……."

란돌이 한주혁의 손을 잡았다.

란돌은 안다. 한주혁은 이번에 그 어떤 손익 계산도 하지 않았다는 것을. 자신이 궁지에 몰렸다는 말을 듣고 그냥 달려와 줬다. 고마웠다.

"이 은혜는 반드시 갚겠습니다."

"은혜는 뭘요. 친구끼리."

파이라 대륙의 일은 생각보다 쉽게 해결됐다.

한주혁 덕분에 여론이 어느 정도 가라앉았고, 그 틈을 타서 란돌이 기자 회견을 진행했다. 란돌에게 이미지 타격이 있었던 것은 사실이지만, 왕족 전체가 휘청거릴 정도는 아니었다.

어느 정도 세가 회복되었으니, 나머지는 란돌 혼자서도 잘 처리할 수 있을 것이었다.

7장
혼돈수의 주인

란돌 왕자는 소파에 앉았다. 그리고 언제나 그렇듯, 우아한 태도로 차를 한 모금 마셨다.

그의 심복이라 할 수 있는 '압디아'가 다가와 허리를 숙였다.

"왕자님. 축하드립니다."

"고맙네."

란돌 왕자를 '친한파'라 칭하며, 까딱하면 반란까지 이어질 뻔했던 여론이 많이 가라앉았다.

살짝만 건드리면 터질 것만 같았는데 한주혁이 파이라 대륙에 한 번 방문하자 불씨가 완전히 가라앉았다.

"절대악이…… 전 세계를 상대로 경고를 했다고 알려졌습니다."

"나도 기사를 봤어."

기사에서 온갖 추측들을 쏟아냈다. 내용들은 다양했지만 핵심적인 내용은 비슷했다.

1. 이번 사건은 절대악이 전 세계를 상대로 경고한 거다.
2. 절대악은 전 세계 어디로든 워프가 가능하다.
3. 절대악은 혼자서도 공성전이 가능하다.
4. 절대악은 친구를 중요하게 여긴다.

이 네 가지 사실이 전 세계인들에게 알려졌다.

덕분에 절대악과 우방이라 할 수 있는 '어벤져스', '검객', '마법 연합' 등은 상대적으로 굉장히 유리한 조건을 가질 수 있게 됐다.

물론 한주혁 본인은 이렇게 복잡하게 생각한 적이 없다. 세상 사람들이 알아서 그렇게 해석할 뿐.

그뿐만이 아니었다.

"대중들이 절대악의 휴머니즘에 열광하고 있습니다."

"절대악은 영웅다운 영웅이니까."

착하기만 한 영웅은 절대로 아니다. 란돌도 그 사실을 잘 안다. 그런데 절대악이 또 자기 이득만 챙기는 사람이 아니라는 것도 안다.

"인간은 기계가 아니지. 이성적으로 생각했을 때 절대악은 잘못 행동했어."

이성으로만 살펴봤을 때, 절대악은 자신을 도우러 날아오면 안 됐다.

모르긴 몰라도 이 정도의 워프. 그러니까 시스템 설정을 상당수 파괴해 가면서 파이라 대륙으로 한 번에 이동하는 장거리 워프 정도를 했으면, 아마도 육체적으로 많이 힘들 거다. 올림푸스 내의 몸보다도 현실의 몸이 피곤할 거다.

'굉장히 중요한 타이밍이라고 했는데.'

컨디션 조절이 매우 중요한 타이밍이라는 사실도 안다. 그 타이밍에, 절대악은 자신을 돕기 위해 친히 달려왔다. 와서 몇 마디 했더니 마법처럼 불씨가 가라앉았다.

"그렇지만 절대악의 행동은 충분히 인간적이었네."

그 부분에 사람들이 열광하고 있는 거다.

영웅의 우정. 얼마나 아름다운가.

자신의 사람이 곤란에 처했을 때, 발 벗고 나서서 나서는 영웅의 모습은 사람들에게 신선한 충격을 안겨다 주었다.

"나 역시 그의 인간적인 모습을 좋아하고."

좋아하기도 하고 존경하기도 한다. 이토록 짧은 시간에 성장하여 전 세계를 쥐락펴락하는 인물이 되었음에도 불구하고 인간적이다. 그가 한국에서 봐왔던 리더들과는 완전히 다른 형태의 삶을 살고 있다.

"리더 한 명이 세상을 어떻게 바꿀 수 있는지를 보여주는 좋은 예라고 생각하네."

친구라서 이렇게 후한 점수를 주는 게 아니라, 란돌은 진심
으로 그렇게 생각했다.

절대악 덕분에 일이 굉장히 쉽게 해결됐다. 특히 사람들을
선동한 몇몇 플레이어들을 '내란죄' 명목으로 재판에도 넘겼다.

'처음만 해도 이런 날이 올 거라고는 생각하지 못했는데.'

맨 처음의 절대악은 애송이에 가까웠다. 자신이 도움을 주
면 줬지, 도움을 받을 거라고는 생각하지 않았었다. 그랬는데
이제는 자신이 도움을 받는 입장이 되었다.

절대악이라는 절대적인 영웅이 없었다면, 이번 일은 쉽게
넘어가지 못했을 거다.

'기쁘군.'

란돌은 친구의 성장이 기뻤다. 지금도 충분히 큰 사람이지
만, 더욱 큰 사람이 되길 빌었다.

란돌 왕자가 명령을 내렸다.

"정신 지배의 흔적들을 샅샅이 파헤치고, 우리도 태르민의
자취를 찾는 것에 주력하도록 한다."

절대악이 자신을 도왔듯, 자신도 절대악을 돕기로 했다. 전
력을 다해서.

"몬스터 스톤의 이동 경로. 자금의 이동 경로를 역추적하면
태르민에 대한 정보도 얻을 수 있을 거야."

한주혁은 올림푸스에서 빠져나와 침대로 향했다.

조금 피곤했다. 파이라 대륙을 가로지르는 워프가 현실 육체에 영향을 좀 끼친 모양이다.

'남은 시간은 하루.'

하루만 있으면 혼돈수의 씨앗이 더욱 성장한다. 그리고 그 힘을 활용하여 정수도 섭취할 거다. 유리엘과의 약속이 걸리기는 했지만, 그건 안 지키기로 했다.

이불을 걷었다.

"으악!"

이불을 걷었는데 그 안에 천세송이 잠들어 있었다. 자신의 비명에 잠이 깼는지 천세송도 눈을 비비며 일어섰다.

"미, 미안해. 놀랐지? 오빠 기다리다가 잠들었지 뭐야."

"아냐. 괜찮아."

한주혁은 놀란 가슴을 쓸어내리며 천세송의 머리를 쓰다듬었다.

사실 이 상황. 아주 좋은 상황 아닌가. 이불을 걷었는데, 이 세상 누구보다 아름다운 자신의 여자 친구이자 예비 아내가 침대에 누워 있는 상황.

한주혁이 말했다.

"파이라 대륙으로의 워프가 좀 힘들었던 것 같아. 정수 섭취하기 전에 좀 쉬는 게 좋겠어."

하루 남았다. 하루 동안 컨디션 관리를 할 필요가 있었다.

그때 천세송이 민망한 듯, 시선을 아래로 내리깔고서 말했다.

"그러면 나, 오빠 품에 안겨서 자도 돼?"

한주혁은 하마터면 만세를 부를 뻔했다.

'올레!'

이 순간. 천세송이 이토록 사랑스러울 수 없었다. 침대에 앉아, '오빠 품에 안겨서 자도 돼?'를 말하는 천세송은 이 세상의 그 무엇과도 바꿀 수 없는 보물과도 같았다.

'미쳤다.'

아무리 봐도 미친 미모다. 내 여자 친구지만 정말 미친 아름다움이다. 아름다움과 귀여움과 섹시함과 오묘함이 모두 녹아 있다. 한주혁이 침을 꿀꺽 삼켰다.

침대에서 같이 자는 거. 한주혁도 바라 마지않는 것이다. 여기서 '잔다'라 함은 '숙면을 취한다'라는 개념은 당연히 아니다.

한주혁의 심장이 쿵쿵 뛰기 시작했다.

이토록 아름다운 여자 친구와 침대에 누웠는데. 어떻게 그냥 잠만 잘 수 있겠는가.

그때 천세송이 말했다.

"미안해, 오빠."

한주혁이 고개를 갸웃했다.

"뭐가?"

"오빠 지금 컨디션 관리해야 하는 타이밍인데……."

천세송은 자신이 경솔했음을 인정했다. 지금 한주혁은 굉장히 중요한 타이밍이다. 대천사의 정수들을 섭취하고 그것을 혼돈수가 가진 조화의 힘으로 다스려야 한다. 더더군다나 지금은 장거리 워프 때문에 피곤한 상태 아닌가.

천세송이 볼을 살살 긁으면서 가볍게 웃었다.

"오늘은 나 혼자 잘게요."

"……."

한주혁은 할 말을 잃었다. 어, 아니, 그니까. 네 말이 맞기는 맞는데. 컨디션 관리가 중요한 건 맞긴 한데.

한주혁이 물었다.

"근데…… 컨디션 관리랑 자는 거랑 무슨 상관이야? 자는 게 휴식이잖아."

말 그대로 잠만 자면 휴식 되는 거 아니겠는가. 잠만 자면 그다지 피곤할 일도 없고 컨디션을 크게 해치지도 않는다.

그 말에 천세송의 얼굴이 붉어지기 시작했다. 귓불부터 시작해서 목덜미까지 빨간 꽃이 피었다. 한주혁은 천세송의 얼굴을 보며 한 떨기의 장미꽃 같다고 느꼈다.

"그게…… 그니까……."

천세송의 얼굴이 화끈화끈거렸다.

'내, 내가 무슨 생각을……!'

오빠한테 안겨서 자면 왜 오빠의 컨디션이 안 좋아질까? 뭔가 신체적인 활동을 따로 하는 것도 아닌데. 격렬하게 움직이는 것도 아닌데. 오빠가 피곤해지는 것도 아닌데.

'나는 왜……!'

왜 당연히 침대에 같이 누우면 오빠의 컨디션에 별로 좋지 못한 영향을 끼친다고 생각했을까. 마치 오빠가 당연히 피로해지는 것처럼.

"모, 몰라."

천세송이 침대에서 벌떡 일어섰다.

"하여튼."

빠른 걸음으로 움직였다. 이 빨갛게 달아오른 얼굴을 들키고 싶지 않았다. 물론 이미 들키긴 했지만, 어쨌든 더 이상은 들키고 싶지 않았다.

"그. 오빠. 그. 그……."

문 앞에 잠깐 멈춰 섰다. 문을 열기 전에 딱 한 마디 더 했다.

"오빠가 성족 정수 잘 섭취하면…… 그다음에 같이 자."

그리고 얼른 문을 닫고 도망쳤다.

한주혁은 그런 천세송이 귀여워 피식 웃고서 침대에 앉았다. 천세송이 잠깐 잠들어 있던 침대에는, 그녀의 달콤한 향기가 잔뜩 묻어 있었다.

"세송이가 내조를 잘하네."

천세송의 말을 들으니 반드시 성족의 정수를 잘 먹어야겠다는 생각이 든다. 데미안의 정수까지 먹어서 진정한 절대자로 거듭나야 할 것 같다. 반드시 그렇게 해야만 할 것 같다. 반드시 그러고야 말 것이다.

'아쉽긴 한데.'

침대에 누웠다. 약간 아쉽기는 했다. 하지만 천세송의 마음은 완전히 확인했다. 천세송도 '손만 잡고 잔다'와 같은 순결한 잠자리는 아예 생각하지 않고 있는 것 같았다. 어쩌면 정말로 손만 잡고 자거나, 껴안고만 자면 세송이가 실망할 수도 있을 것 같다.

다시 한번 피식 웃었다. 어쨌든 좋다.

'의욕도 솟고.'

반드시 잘 먹어치우기로 했다. 성족의 정수와 데미안의 정수를.

결국 데미안은 한주혁에게 자신의 정수를 남긴 채 자연으로 사라졌다. 한주혁도 이미 예상하고 있던 일인지라 크게 충격을 받지는 않았다. 조금 아쉬울 뿐.

한주혁은 대천사의 정수 3개와 일반 천사들의 정수 200개. 그리고 데미안의 정수를 가지고서 '발아된 혼돈수의 씨앗' 앞에 섰다.

시간을 확인했다.

'앞으로 5분.'

5분 후면 '발아된 혼돈수의 씨앗'이 성장한다.

시르티안이 옆에서 말했다.

"주군. 유리엘이 발광하고 있다고 합니다."

"그래. 뭐."

그럴 것 같기는 했다.

한주혁은 유리엘과의 약속을 그냥 버렸다. 지킬 수 있다면 지키려고 했지만, 아무래도 안 지키는 게 나은 것 같다. 지금은 이쪽이 훨씬 중요하니까.

"절대악. 이 겁쟁이 병신아…… 라고 소리치며 푸르나 앞에서 농성 중이라 합니다."

"푸르나 앞에서?"

"푸르나에 출입하는 모든 플레이어들을 죽이고 있다고 합니다."

"……."

12장로들도 쉽사리 움직이지는 못했다.

유리엘쯤 되는 NPC와 부딪치면, 12장로도 본래의 힘을 끌어다 쓸 수밖에 없다. 그렇게 되면 제국이 '스카이데블'의 냄새를 맡을 거다.

한주혁이 인상을 실짝 찡그리고서 물었다.

"델리트인가?"

"델리트는 아닙니다. 델리트 권능을 갖고 있지만 사용하지는 않는 것 같습니다."

'과연. 약자에게 지나친 폭력을 사용하지는 않는다는 건가.'

한주혁은 일단 고개를 끄덕였다.

"그냥 내버려 둬."

어차피 유리엘을 막을 수 있는 플레이어는 없다.

"프루나에 출입하다가 죽은 플레이어들의 명단 파악해 놔. 보상 방법도 고려해 보고."

"알겠습니다."

시르티안은 한주혁의 말을 기다리고 있었다.

그가 추구하는 것이 바로 '복지 지옥'. 모두가 행복한 세상을 만들고 싶은 게 그의 이상이다. 피해를 입은 플레이어들에게 보상을 해도 된다는 주군의 허락까지 떨어졌으니 이 얼마나 완벽한 일이란 말인가.

"강재명 비서실장과 협의하여 진행하겠습니다."

이야기를 끝낸 한주혁은 대천사의 정수들과 데미안의 정수를 꺼내 들고서 중앙 제단 앞에 섰다. 절대자의 접근을 느낀 건지, 중앙 제단의 검은 불꽃이 하늘에 닿을 만큼 높이 타올랐다.

한주혁에게 알림이 들려왔다.

-'발아된 혼돈수의 씨앗'의 최종 성장까지 30초 남았습니다.
-'발아된 혼돈수의 씨앗'의 최종 성장까지 29초 남았습니다.
…….

-'발아된 혼돈수의 씨앗'의 최종 성장까지 1초 남았습니다.

한주혁은 제단의 불꽃 속에서 꿈틀대고 있는 '혼돈수의 씨앗'을 뚫어져라 쳐다봤다. 이글거리는 불꽃 속에서 무엇인가가 뱀처럼 꿈틀거렸다.

'혼돈수의 씨앗이 성장한다.'

마나로 이루어진 나무.

모습을 드러낸 '혼돈수'는 검은색 마나로 이루어진 나무였다. 특별한 형태가 없었다.

'불길 전체가 혼돈수다.'

제단에 피어오르고 있는 이 불길이 곧 혼돈수였다.

-혼돈수의 성장이 완료되었습니다.

눈에 띄는 이펙트는 없었다. 제단에서는 아까와 마찬가지로 검은색 불꽃이 하늘 높이 치솟고 있는 중.

-혼돈수가 주인을 확인합니다.
-혼돈수가 주인을 인정합니다.

한주혁은 알림에 집중했다.

-축하합니다!

-혼돈수의 주인으로 인정받았습니다.

-'혼돈수의 주인' 호칭이 생성되었습니다.

-'혼돈수의 주인' 호칭 효과가 자동으로 적용됩니다.

'호칭 효과'가 활성화되었을 때, 한주혁은 볼 수 있었다.

검은색 불꽃 속에, 또 다른 검은색 마나 응축구가 존재했다. 눈으로 보이는 게 아니다. 그냥 느껴졌다. 두 개의 마나 응축구. 저것은 결코 평범한 것이 아니었다.

알림이 계속 이어졌다.

-'혼돈수의 주인' 효과가 지속 적용됩니다.

-혼돈수의 남은 수명을 파악합니다.

그리고 또 다른 정보들이 밀려들기 시작했다. 그중에는 황당하기 짝이 없는 정보도 포함되어 있었다.

-혼돈수의 남은 수명은 '0'입니다.

혼돈수의 남은 수명이 '0'이란다. 그에 대한 설명이 머릿속에 입력되었다.

'이런 썅.'

혼돈수는 이 세계에 존재해서는 안 될 고차원의 물질이란다. '최상위 명령'에 의하여 혼돈수는 이 세상에서 사라질 것을 명령받았고, 그에 따라 혼돈수의 수명이 '0'으로 설정되었다.

그렇지만 혼돈수가 바로 사라진 것은 아니었다.

-'혼돈수의 주인' 효과로 인하여 '혼돈수의 수명'이 7초 증가합니다.

'혼돈수의 주인' 효과로 인하여 아주 잠깐이나마, 혼돈수를 이 세상에 붙잡아둘 수 있게 됐다.

-'혼돈수의 주인' 효과로 인하여 '혼돈수의 열매'의 설명창을 활성화시킬 수 있습니다.

설명창을 활성화시켰다.

<성악과>
혼돈수가 빚어낸 과실입니다.
+상세설명

알람을 확인하고 이해하는 데 무려 3초의 시간이 흘렀다. 이제 남은 시간은 겨우 4초뿐이다.

'미친 혼돈수 새끼!'

오래 생각하고 말 것도 없다. 혼돈수에 쏟아부은 자원과 노력이 어느 정도인데. 이렇게 허무하게 날려 버릴 수는 없다.

이렇게 된 이상.

'혼돈수의 열매라도……!'

저거라도 따야 했다. 혼돈수의 열매는 두 개.

한주혁은 손을 뻗다가 우뚝 멈춰섰다. 상세설명창이 떠올랐기 때문이다.

-성악과는 특별한 방식으로만 채취할 수 있습니다. 허락되지 않은 방식으로 성악과에 욕심을 내면, 혼돈수와 함께 '차원의 균열'로 떨어져 영원히 헤매고 말 것입니다.

'이거 설마.'

그냥은 채취가 불가능하다. 그냥 채취했다가는 골로 갈 것 같다.

'제우스가 장난질을 쳐놨을 거야.'

제우스가 이쪽 편인 것은 맞다. 그러나 제우스도 무턱대고 이쪽을 도와주지는 않는다. 도움을 줄 때에는 그에 합당한 시련도 준다.

이것은 제우스의 설정인 것 같다. 뭔가를 주려면, 그에 대응하는 또 무엇인가가 있어야 하는.

'그냥은 안 주겠지.'

생각하는 데 또 1초의 시간이 지났다. 일반인의 1초와 한주혁의 1초는 많이 다르다. 일반인이 1초 동안 할 수 있는 일과, 한주혁이 1초 동안 할 수 있는 일의 양이 다른 것과 마찬가지다. 1초 동안 한주혁은 오만가지 생각을 다 했다.

'내가 여기 안 지키고 유리엘한테 갔더라면……'

그랬더라면 혼돈수는 날아갔다. 유리엘과의 약속을 깨버린 것이 한주혁에게는 다행이었다.

'오케이.'

더 이상 시간이 없다. 오래 생각할 수도 없다. 오래 생각하는 순간. 혼돈수는 사라질 거다. 남은 시간은 끽해야 1초 내지 2초.

한주혁이 바로 아이템을 꺼내 들었다.

<엘라토움 황금창>

신성한 황금. 엘라토움으로 빚은 창입니다. 그 무엇도 찌를 수 없으며 그 어떤 것도 상해를 입힐 수 없습니다. 고대 황금의 신. 가드는 엘라토움으로 빚은 황금창으로 '성악과'를 따 먹었다고 전해집니다.

한주혁은 황금창을 꺼내 들고서 저만치 불길 속에 보이는 두 개의 마나 응축구. '성악과'를 향해 뻗었다.

'두 개 다.'

하나를 꽂고, 그 이후에 하나를 더 꽂았다.

-성악과가 혼돈수로부터 분리되었습니다.

-성악과는 혼돈수와 분리되어 살아갈 수 없는 과실입니다.

한주혁은 육성으로 욕을 뿜어냈다.

"이런 씨발!"

성악과 하나가 바람결에 흩어져서 사라져갔다. 막을 수 없었다. 한주혁이 반응조차 할 수 없을 정도로 빠르게 흩어져 버렸다.

한주혁은 입으로 욕만 한 것은 아니었다. 입과 손이 따로 움직였다. 가히 멀티태스킹의 귀재라고 해도 될 만큼 신속한 움직임이었다.

한주혁이 또 다른 아이템에 '엘라토움 황금창'에 꽂힌 '성악과'를 담았다.

<엘라토움 성배>

신성한 황금. 엘라토움으로 빚은 잔입니다. 엘라토움 성배에 담겨진 것은 '차원의 균열'에 빠지게 됩니다. 최상위 등급 명령에 의하여 그 어떤 것도 '차원의 균열'에서 빠져나올 수 없다고 알려져 있습니다. 오직 고대 황금의 신. 가드만이 엘라토움 성배에 '성악과'를 담아 숙성시켜 먹었다고 전해집니다.

'그래서 이게 같이 주어졌던 거야.'
성배에 담겨진 성악과는 사라지지 않았다.
성악과를 담아 숙성시켜 먹을 수 있는 신비로운 기물. 엘라토움 성배. 그것에 담겨진 '성악과'는 오로지 한주혁의 눈에만 보였다. 그리고 그것에 대한 정보가 '혼돈수의 주인' 칭호 효과로 인해 전해졌다.

-호칭. '황금의 신'을 확인합니다.
-자격을 만족하지 못했습니다.

한주혁은 '절대자'이지만 '황금의 신'은 아니다. '황금의 신'이 사용했던 아이템을 사용하지만, 역시 황금의 신은 아니다.
황금의 신이 사용했던 아티팩트 효과는 그렇게 대단하지만은 않았다.

-'성악과'의 생명이 3초로 단축됩니다.

아니, 따지고 보면 대단한 것이라 할 수 있었다.
한주혁은 알고 있다. 지금 이 아이템들은 무에서 유를 만들었다. 원래 있던 것을 확장시키는 것보다, 원래 없던 것을 새로

이 만드는 것이 훨씬 더 어렵다.

'원래는 내가 못 얻을 아이템.'

분명히 그렇다. 지금 이미 시나리오 진행 자체가, 불가능하도록 만들어져 있었다. 정석적인 방법으로 갔다면 지금 이 타이밍에 황금창과 성배를 어떻게 얻을 수 있단 말인가.

'한 번에 92번째까지 뛰어넘었고.'

말도 안 되긴 했지만 어쨌든 결과적으로 에르페스 메인 퀘스트를 93번째까지 잘(?) 클리어했다. 덕분에 이 아이템들을 손에 넣었으며, 그래서 '성악과'를 3초나마 손에 넣을 수 있었다.

'3초.'

3초의 시간이면 충분했다.

한주혁은 아이템 설명을 살펴보지도 않았다.

꿀꺽.

일단 냅다 삼키고 봤다. 황금의 신도 먹었다고 전해니까. 나도 먹을 수 있겠지.

-성악과를 섭취하였습니다.

경고 알림이 들려왔다.

-'성악과'는 인간에게 허락되지 않은 '신의 열매'입니다.
-인간의 종족 값을 가진 개체는 먹는 즉시 사망합니다.

다행히 한주혁은 인간의 종족 값을 이미 아득히 초월했다. 한주혁은 죽지 않았다.

-강력한 마기를 확인합니다.
-그에 상응하는 강력한 성력이 없습니다.

지금은 카르티안의 정수만을 섭취했을 뿐이다.

-'성악과'가 조화의 힘을 발휘할 수 없습니다.
-'성악과'의 힘이 소멸되기 시작합니다.

한주혁이 황급히 대천사들의 정수를 꺼내 들었다.
'뭐가 이렇게 폭풍처럼 휘몰아쳐?'
그 대단한 한주혁도 간만에 정신이 없다. 겨우 뭔가를 해결하고 났더니, 또 뭔가가 터지고, 그걸 또 어떻게든 메꿔놓고 보니 새로운 무언가가 튀어나오는 기분이다.

-대천사. 우리엘의 정수를 섭취하였습니다.
-대천사. 라리엘의 정수를 섭취하였습니다.
-대천사. 카리엘의 정수를 섭취하였습니다.

그러자 이번에는 또.

-'성악과'가 플레이어의 '본질'을 파악합니다.
-최상위 명령 등급의 설정에 의하여 '성악과'가 '본질'을 탐구합
니다.

과실 주제에 뭘 이렇게 까다롭게 구는지 모르겠다. 하지만
한주혁은 간만에 심장이 두근거리는 것을 느꼈다.
'이 정도로 까탈스럽게 구는 물건이라면⋯⋯.'
분명히 그 값어치를 할 거다. 일반 플레이어라면 평생 들어
보지도 못할 '최상위 등급 명령'이라는 것이 몇 번 등장했는지
모르겠다.

-'성악과'는 플레이어의 본질은 '절대악'으로 규정합니다.
-플레이어의 본질에 벗어나는 '척력'을 확인합니다.

척력. 밀어내는 힘이다.
본질에 벗어나는 힘? 그것은 급한 김에 대천사의 정수 무려
세 개를 한꺼번에 먹어서 그런 것 같다.
그래서 곧바로 데미안의 정수까지 섭취했다.

-최상위 마족. 데미안의 정수를 섭취하였습니다.

한주혁은 온몸이 불타오르는 것 같은 기분이 들었다.

느낌이 안 좋다. 그간 '아서'를 플레이해 오면서 몇 번인가 끔찍한 고통을 느꼈던 적이 있는데, 그와 비슷한 느낌이 든다. 뜨거운 불꼬챙이로 심장을 들쑤시는 것 같은 기분이었다.

'어라.'

따로 알림은 들려오지 않았지만 한주혁은 직감할 수 있었다.

'여기에…… 성족들의 정수를 조금씩 섭취해 가면서 밸런스를 맞추면.'

'성악과 효과'를 극대화할 수 있을 것 같은 느낌이 들었다. 카르티안의 정수를 먹었다가, 또 대천사들의 정수를 먹었다가, 그 이후에 데미안의 정수까지 먹으면서 몸의 변화들을 체크했던 것이 한주혁에게는 경험이 됐다. 몸에 데이터가 쌓였다.

-성족. 레일의 정수를 섭취하였습니다.
-성족. 홀라의 정수를 섭취하였습니다.
-성족. 발틴의 정수를 섭취하였습니다.
…….

성족의 정수는 많다. 무려 300여 개나 된다. 하나씩 하나씩 그 양을 조절해 가면서 조금씩 섭취했다.

그렇게 160개의 정수를 섭취했을 때, 비로소 한주혁은 '적당한 값'을 찾을 수 있었다.

'안 괴로워.'

아까 불꼬챙이로 심장을 쑤시는 것 같은 느낌이 들었을 때에는 심히 불안했지만, 다행히 고통이 커지지는 않았다.

-'성악과'의 힘이 체내의 힘을 다스리기 시작합니다.

한주혁의 몸이 불덩이처럼 달아올랐다.

시르티안은 깜짝 놀랐다.

'주군의 몸이…… 뜨겁다.'

시르티안도 한 발자국 뒤로 물러섰다. 그야말로 불덩이였다. 가까이 다가갈 수 없는 태양. 시르티안은 그렇게 느꼈다.

'이럴 수가.'

시르티안의 눈에 똑똑히 보이기 시작했다.

'주군께서 착용하고 계신 아이템들이……'

마치 녹아내리는 것처럼 보였다. 아니, 실제로 녹아내리고 있었다.

'주군께서는 인페르노 커플링을 착용하고 계신데.'

그런데 어떻게 이럴 수 있단 말인가. 인페르노 커플링은 '불'로부터 착용자를 지켜준다. 그렇다면 지금의 이 뜨거움은 불로부터 파생된 게 아니라는 소리다. 단순한 '불'도 아니고 단순한 '열'도 아니다.

'이것은 도대체.'

시르티안은 지금 주군의 몸에서 뿜어져 나오고 있는 이 기운이 불도 아닌, 열도 아닌, 그 형태를 정의할 수 없는 '미지의 힘'이라고 느꼈다.

한주혁도 스스로의 힘을 느낄 수 있었다.

강렬한 힘이 아니었다. 그 스스로는 고요하다고 느꼈다. 아주 조용한 호수의, 잔물결조차 없는 맑은 호수 위에 떠 있는 것 같은 기분이 들었다. 조용하고 고요했다. 그 물 위에 떠서 깊은 바닥을 보고 있는 것 같았다.

-성약과의 힘이 체내의 힘을 최종적으로 봉합합니다.

한주혁에게는 알림도 들리지 않았다.

그는 여전히 조용한 공간 안에 가만히 서 있었다. 편안했다. 그 무엇도 들리지 않고, 그 어떤 것도 보이지 않았다. 그냥 이곳에 존재하고 있는 것만이 느껴졌다.

'이 느낌을…… 뭐라고 표현해야 하지?'

구체적으로 표현할 수는 없었다.

'내가 이곳에 존재한다.'

딱 그런 기분이었다. 이 자리에 자신이 존재하고 있다. 그 외의 다른 것으로는 현재의 느낌을 표현할 수 없었다.

-세인트 마나 컨트롤이 성악과의 마지막 봉합에 함께합니다.
-파천심공이 성악과의 마지막 봉합에 함께합니다.

그 결과.

-세인트 마나 컨트롤이 소멸합니다.
-파천심공이 소멸합니다.

한주혁이 가지고 있는 힘을 다스리는 근본 심법. 두 가지 심법이 아예 사라져 버렸다.

한주혁은 그것에 그다지 의미를 두지 않았다.

'없어도 돼.'

그냥 그렇게 느꼈다.

당황하지 않았다. 인위적으로 마나를 이끌고 힘을 조절하지 않아도 괜찮다. 생각하는 대로, 모든 것이 이루어질 것 같다는 요상한 기분이 들었다.

한주혁이 눈을 떴다.

'아……'

그가 보는 세상이 많이 달라졌다. 몇 분 전의 한주혁과 지금의 한주혁은 완전히 다른 사람이 되었다. 그렇게 느껴졌다.

'세상이 달라졌다.'

더 정확히 말하자면 한주혁이 달라졌다. 그의 시야가 변하자 세상이 변했다.

그와 동시에 센티니아와 루니아 대륙. 그러니까 에르페스 제국이 다스리는 필드 전체에 전체 알림이 울리기 시작했다.

8장
드디어 만렙

에르페스 전체에 알림이 울렸다.

-에르페스에 등록되지 않은 필드에서 강대한 힘이 관측되었습니다.

-에르페스 메인 시나리오 퀘스트 '스카이데블의 후예'가 발생합니다.

-'스카이데블의 후예'의 은신처의 단서가 노출되기 시작합니다.

-'스카이데블의 후예'의 은신처를 찾아 '스카이데블의 후예'를 말살하여야 합니다.

한주혁도 물론 그 알림을 들었다.
'이건……'

아무래도 자신 때문인 것 같다. 정수들을 섭취하고 그와 동시에 몸에 큰 변화가 있었다.

<스탯창>

(1) 힘: MAX

(2) 민첩: MAX

(3) 체력: MAX

(4) 지능: MAX

(5) 행운: 30(+13)

(6) H/P: MAX

(7) M/P: MAX

(8) 활성 스탯

-카리스마: 422

-잔여 스탯: -

처음에는 불안정. 그 이후에는 '?'로 표시되던 모든 스탯들이 이제는 'MAX'로 표시되었다.

한주혁은 이 'MAX' 표시를 처음 보는 게 아니다.

악명을 뜻하는 Sufférnus도 일전에 MAX를 찍은 적이 있다. 그때의 악명이 위명으로 전환되어 카오의 페널티에서 모두 벗어났었다.

'그 MAX가 이 MAX라면……'

어떤 수치의, 시스템상 한계치를 뜻하는 것 같다. 한주혁의 모든 스탯은 이제 숫자를 벗어나 'MAX'가 되었다.

'이걸……'

게임 시스템적으로 표현한다면.

'만렙……?'

만렙 정도 되지 않을까 싶다.

옛날, 그러니까 특수지역 라이나를 벗어날 때만 해도 레벨 99가 만렙인 줄 알았다. 그게 플레이어의 한계인 줄로만 알았고, 그거면 충분히 강한 줄로만 알았다. 그런데 레벨 99는 별거 아닌 것 같다.

'숫자 정도는 초월해 줘야 만렙이지.'

한주혁은 조금 흐뭇해졌다. 숫자로 표현되지 않을 정도는 되어야, 그제서야 좀 만렙이라고 부를 수 있지 않겠는가.

물론, 그렇다고 들뜨거나 흥분하지는 않았다.

'모든 것이 보인다.'

그냥 그런 기분이 들었다.

심법과 스킬들이 전부 사라졌다. 심지어는 궁극기라 할 수 있는 '심검'까지도 없어졌다.

그러나 그것들을 사용하지 못하는 건 아니었다. 시스템 활용 없이, 그저 생각과 의지로만 그것들을 모두 구현할 수 있는 경지에 이르렀다.

아직 써본 적은 없지만, 그렇다고 느껴졌다.

'이제야…… 만렙 찍었네.'

만렙을 찍었고, 그에 따라 강력한 힘이 방출되었으며, 이 필드에서 그 힘이 새어 나간 것 같다.

시스템적으로 힐스테이는 에르페스에 소속되어 있지 않은 미지의 땅이다. 미지의 땅에서 갑자기 인위적인 파동이 발생한 셈이다.

'은신처의 단서가 노출되기 시작한다라.'

플레이어들이 전부 힐스테이를 찾기 위해 혈안이 되어 있을 거다. 무려 에르페스 메인 시나리오 퀘스트니까.

한주혁은 퀘스트창을 활성화시켰다.

<보복 전쟁-일시적 평화 상태>

  -업적

    1) 불칸 함락 (에르페스 제국. 굴타 왕국 소속)

    2) 넬칸 함락 (에르페스 제국. 굴타 왕국 소속)

    …….

    92) 배후 성족의 처단

    93) 타락 천사들의 왕

    …….

    97) 제국과의 격돌

94번부터 96번을 또 건너뛰었다. 성악과를 제대로 섭취해서 그 힘을 얻자, 97번 퀘스트가 활성화됐다. 지금 플레이어들에게 내려진 메인 시나리오 퀘스트와 전적으로 대치되는 퀘스트다.

'제국과의 격돌이라.'

여태까지 항상 머릿속으로 생각만 해왔던 것이 실제로 이루어졌다. 제국은 플레이어들도 이 일에 동참시킬 것이다. 퀘스트라는 형태로. 플레이어들은 죽어도 부활한다. 버리는 장기 말로는 딱이다.

"시르티안. 우리는 제국과의 전쟁을 준비한다."

시르티안의 눈에 눈물이 가득 차올랐다.

"그 명령만을 기다리고 있었습니다."

시르티안의 몸이 바들바들 떨리기 시작했다.

심장이 쿵쿵대며 뛰었다. 불과 1년 전만 해도 '스카이데블의 은신처'의 모두는 굶어 죽기를 기다리고 있던 상황이었다. 그런데 1년 만에 제국과 싸워도 될 정도의 전력을 키웠다.

'군자금은…… 넉넉합니다.'

파이라 대륙의 지원도 있고 카를로스 평야도 있다. 아서 광산은 물론이거니와 마계와의 독점 계약권까지 가지고 있다. 심지어는 수많은 마족들을 부릴 수 있는 능력까지 있다.

뿐이랴. 헬 하운드 목장에서 레드 스톤 수급도 원활하게 이루어지고 있다. 미국을 비롯한 전 세계도 주군의 편이다.

'해볼 만…… 하다!'

에르페스의 플레이어 전체가 퀘스트를 받고서 몰려든다고

해도, 두렵지 않다. 주군의 털끝 하나 건드리지 못할 것이다.

"시르티안. 우리가 조심해야 할 것은?"

"뉴클리안과 정신 지배. 그리고 최상위급 NPC들입니다."

한주혁이 고개를 끄덕였다.

'확실히.'

뉴클리안과 정신 지배는 꽤 큰 위협이 된다. 그럴 일이야 없겠지만, 만약에라도 자신이 정신 지배를 받게 된다면? 아마 태르민은 정말로 전 세계를 좌지우지할 힘을 얻게 될 것이다.

"뉴클리안이 어느 정도 발전되었는지가 관건이겠군."

"그렇습니다."

예전 데미안과 베르디가 혼신의 힘을 다해 뉴클리안을 막아냈던 적이 있다.

"예전과 같다면, 나 혼자서도 충분히 막아낼 수 있다."

문제는 자신의 몸은 하나라는 거다.

그는 스스로 생각하는 '만렙'을 달성했고, 그에 따라 '절대자'에 대단히 가까워졌다고 확신하지만 그렇다고 해서 몸이 여러 개인 것은 아니다. 한주혁은 '대군주'이고 지켜야 할 영지와 영지민들이 많다.

한주혁은 잠시 생각에 빠졌다.

'뉴클리안과 더불어 최상위급 NPC들의 힘을 측정해 볼 필요가 있겠어.'

이미 유리엘을 경험했다. 지금 자신의 상태라면, 유리엘을 어렵지 않게 이길 수 있을 것 같다. 자신감이 솟아올랐다. 아니, 이건 자신감이 아니라 확신이었다.

'유리엘은⋯⋯.'

유리엘에게는 미안한 말이지만, 유리엘은 자신의 털끝 하나 건드리지 못할 것이다. '초인의 영역2'가 아니라 '초인의 영역 12'쯤 있다고 하더라도 말이다.

'그래도 확인을 해보는 게 좋겠지.'

직접 힘을 확인해 보는 것도 나쁘지 않을 것 같다.

지금 유리엘은 프루나 앞에서 절대악 영지 소속의 플레이어들을 무차별적으로 학살하고 있단다. 그곳으로 한번 가보기로 마음먹었다.

한주혁이 말했다.

"힐스테이는 언젠가 분명히 발견된다."

그 말의 뜻은 전쟁을 준비하라는 뜻이었다.

"예."

시르티안이 주먹을 불끈 쥐었다.

"저희는 두렵지 않습니다. 저희에게 주군께서 계시기 때문입니다."

어느새 중앙 제단 저만치 아래 중앙 광장에는 수많은 NPC들이 몰려와 있었다. 그들은 눈물을 흘리며 '만세!'를 외쳐댔다.

그들은 모두 검은색 옷을 입고 있었는데, 그 모습은 마치 검은색으로 이루어진 바다와도 같았다.

"새로운 태양께 만세!"

"만세! 만세! 만만세!"

그들은 더 이상 '스카이데블'의 후계자임을 숨기지 않겠다고 다짐하는 것 같았다. 이제 당당하게 세상에 모습을 드러낼 것이라고, 그렇게 생각하는 듯했다.

세상은 자신들을 배척할 것이다. 그리고 자신들은 그 세상을 피하지 않을 것이다.

NPC들 중 한 명이 생각했다.

'주군께서 우리와 함께하신다.'

주군께서 함께하시는데, 이 세상의 그 무엇이 두렵단 말인가. 그 어떤 해악이라도. 낮의 해와 밤의 달이라도. 감히 자신을 해하지 못할 것이란 자신감이 차올랐다.

모두 약속이라도 한 것처럼. 수만에 달하는 NPC들이 동시에 무릎을 꿇었다.

모두가 생각했다.

'주군의 명에 복종합니다.'

주군의 명에 따라 살고, 주군의 명에 따라 죽겠다고 다짐했다.

한주혁은 그 광경을 잠자코 지켜봤다.

아마, 가장 큰 시나리오가 시작된 것 같다는 생각이 들었다.

한주혁은 잠시 고민했다.

'황금 사자상이냐. 유리엘이냐.'

어느 것을 먼저 처리해야 할지 선택해야 했다.

한주혁에게는 여전히 '성족의 증표' 3개가 남아 있는 상태고, 에르페스 황실에서 내린 퀘스트를 수행할 수 있는 상황이다.

'만약 힐스테이의 위치가 발각되고 내가 힐스테이의 주인이라는 것이 알려지면 너무 바빠질 것 같은데.'

발걸음을 옮겼다. 이번에도 이동은 이주랑과 함께였다.

권능의 귓말을 사용했다.

-유리엘. 늦어서 미안하다. 너무나 급한 일이 있었다.

권능의 귓말을 통해 유리엘의 좌표를 입력받고, 워프 마스터 이주랑이 유리엘에게 바로 워프했다.

한주혁이 말했다.

"늦어서 미안하군."

"미안하다는 말로는 가볍게 끝나지 않을 거야."

유리엘은 인상을 살짝 찡그렸다.

'뭐지?'

이유는 모르겠지만 절대악이 많이 달라진 것 같다.

"너. 왜 재수 없게 여유롭냐?"

한주혁이 씨익 웃었다.

'뭐야?'

지금 유리엘은 자신이 어느 정도의 힘을 가졌는지 파악하지 못하고 있다. 반면 자신은 유리엘의 힘이 느껴진다.

'심안을 사용한 것도 아닌데.'

심검이 사라졌듯 심안도 사라졌다. 당연히 심안을 사용할 수 없다. 그럼에도 불구하고, 심안을 사용할 때보다 더욱더 확연하게 느껴졌다.

그것은 한주혁의 머릿속에 굉장히 구체적이고 상세한 정보가 되어 입력되었다.

이를테면.

이름: 유리엘
클래스: 창술가
힘: 723
…….

이런 식이다.

문자의 형태로 전송되는 것이 아니었다. 보면 안다. 저 사람이 어떤 사람이고 클래스는 무엇이고 주특기는 무엇이며, 그 능력치가 어느 정도 되는지 직감적으로 바로 캐치할 수 있게 됐다. 심안의 능력이 수십 배는 강력해졌다.

'어디 한번.'

한주혁이 '가르샤의 창'을 꺼내 들었다.

'성약과'를 섭취할 당시. 몸에 차고 있던 세계 12대 초인의 아이템들은 녹아 없어져 버렸다. 그렇지만 '가르샤의 창'은 인벤토리에 보관되어 있던 상태.

유리엘이 코웃음을 쳤다.

"어쭈?"

플레이어가 자신에게 창으로 덤비다니. 이게 있을 수나 있는 일이란 말인가.

"너 원래 창술가 아니잖아. 절대악 고유 스킬과 권법을 사용하는 클래스잖아."

어깨를 으쓱했다.

"나한테 그런 예의 안 차려도 돼. 창 대 창 같은 거 필요 없어. 네가 하고 싶은 대로 해. 어차피 죽는 건 마찬가지니까."

그러더니 문득 생각난 듯 말했다.

"내가 맨손으로 해줄게. 넌 창 써."

한주혁은 유리엘을 잠자코 바라보기만 했다.

유리엘의 존재가 태산같이 커 보였었는데, 지금은 어린아이를 바라보는 것 같다. 마치 작은 강아지가 재롱을 부리고 있는 것 같은 느낌에 가까웠다.

한주혁 스스로도 감탄했다.

'이 정도야?'

만렙. 그 힘이 어느 정도인지 시험해 보기로 했다.

유리엘이 자신의 아공간에 창을 집어넣었다.

언제나 그랬듯 그는 여유로운 상태로 한주혁을 향해 걸어왔다. 심지어는 뒷짐을 진 상태다.

그가 여유롭게 말했다.

"선공은 양보한다."

어차피 절대악은 이 자리에서 죽는다. 조금 아프게 죽일 거다. 감히 자신과의 약속 시간을 지키지 않았으니까. 그래도 선공 정도는 양보해 주기로 했다.

"그것이 강자가 약자에게 할 수 있는 마지막 배려다."

한주혁이 씨익 웃었다. 배려해 준다는데. 군이 사양할 필요 없다.

"그 배려. 고맙다."

"좀 아프게 죽일 거니까 각오하고 있…… 헙!"

한주혁이 몸을 조금 움직였다.

유리엘이 눈을 크게 떴다.

'뭐, 뭐냐……!'

한주혁의 창끝이 유리엘의 명치에 닿았다. 유리엘은 분명히 그렇게 느꼈다.

'뭐야?'

이해할 수 없었다. 그 어떤 통증도 느껴지지 않았다.

'그런데……'

뭐랄까. 눈앞의 절대악이 유령처럼 느껴졌다.

"너…… 무슨 짓을 한 거지?"

분명히 닿았는데. 명치에 창이 닿았는데 전혀 데미지가 없다. 어떻게 안까지 파고들은 건지 모르겠다.

한주혁이 어깨를 으쓱했다.

"이거. 가르샤의 창이거든."

여태까지는 좀 긴가민가했는데, 지금은 확실히 알았다.

유리엘과 자신 사이에는 종이 한 장의 실력 차도 아닌, 엄청난 실력 차가 존재했다. 머리로 아는 게 아니라 이제는 눈으로 확인했다.

한주혁이 말했다.

"쿠낙 전투창술이라고 알고 있나?"

"쿠낙 전투창술……!"

창술가인 유리엘이 그것을 모를 리 없다. 고대의 유명한 창술 아닌가. 공방 밸런스가 굉장히 뛰어난 창술이며, 기본적으로 상대 창술의 약점을 쉽게 파고드는 창술이다.

"내가 그걸 자유롭게 사용할 수 있거든."

거짓말은 아니다. 물론 지금은 쿠낙 전투창술을 사용하지 않았다. 한주혁이 방금 한 것은 간단했다.

1. 적이 온다.

2. 가까이 다가간다.

3. 창으로 찌른다.

4. 단, 안 다치게.

이 4가지 행동을 자연스럽게 했을 뿐이다.

목이 마르면 물을 마신다. 숨이 차면 숨을 쉰다. 거의 그 정도 수준이었다.

한주혁 스스로도 자신의 몸 상태에 대단히 만족스러웠다.

'대박이네.'

방금 한주혁이 사용한 것은 '평범하지 않은 강력한 주먹'이었다.

스킬은 전부 없어졌지만, 시스템으로 사용하는 것은 아니지만, 한주혁은 본능적으로 그것들을 사용할 수 있었다.

한주혁의 의지가 유리엘을 죽이지 않기로 했고, 데미지는 0으로 설정되었다.

'이야.'

불과 며칠 전까지만 하더라도, 블랙 스톤을 쥐여주며 시간을 벌어야 했었는데. 10일 만에 유리엘을 뛰어넘어도 아득히 뛰어넘었다.

'심검 써볼까?'

쓰지 않기로 했다.

유리엘은 최상급 NPC다. 제국의 주요 전력이라 할 수 있을 정도의 상급 NPC. 이를 상대로 하여, 새로이 얻게 된 힘들을 조금 숙달시킬 필요가 있었다.

유리엘이 인상을 잔뜩 찡그렸다.

"템빨이구나."

"……."

한주혁이 가볍게 어깨를 으쓱했다.

어쨌든 자신이 들고 있는 것은 세계 12대 초인의 아이템이고, 신급 아이템이다. 템빨이라고 해도 이상할 건 없었다.

"템빨은 어디까지나 템빨. 템빨 따위로는 밑천이 금세 드러날 것이다."

유리엘의 강공이 시작되었다. 한주혁은 그 창의 경로를 정확하게 꿰뚫어 봤다.

'느려.'

예전에는 유리엘의 움직임이 너무나 자연스럽고 빨랐었는데. 지금은 아니었다. 움직임에 군더더기가 많았다. 그의 창술은 느리기 짝이 없었다.

아주 천천히 날아드는 그 창들을, 한주혁은 아주 쉽게 피해냈다.

유리엘은 일이 뜻대로 풀리지 않음을 직감했다.

'제길……!'

방금 사용한 초식은 한 번에 72번 찌르기를 연달아 몰아치는 초식이다. 상대를 구석으로 몰아가며 방어할 틈이 없도록 만드는 것이다. 그런데 구석으로 몰릴 생각을 않는다.

'쿠낙 전투창술이 이렇게 대단했던가……!'

이름 높은 쿠낙 전투창술. 그것이 이렇게까지 엄청난 움직임을 보일 줄은 몰랐다.

절대악의 빈틈을 찾고 싶은데 빈틈이 보이지 않았다. 절대악의 움직임은 빨랐고, 또 간결했다.

이주랑은 한 걸음 뒤로 물러섰다.

'내 눈에는…… 보이지도 않아.'

엄청나게 빠른 속도로 쏘아지는 창. 유리엘의 창이 수십 개로 늘어난 것처럼 보였다. 그 창들을 한주혁이 빠르게 피해내고 있었다. 이주랑의 눈으로 보기에는 정말 빨랐다.

곁에서 봤을 때에, 한주혁은 피하기에 급급한 것처럼 보였다. 하지만.

'뭘까?'

왜일까.

'왜 절대악은…… 별로 급해 보이지 않을까?'

자신의 눈으로 보고 있는 절대악은 급하다. 굉장히 황급하고 빠르게 움직이면서 유리엘의 창 공격을 피해내고 있다. 그런데 뭔가 느낌이 이상했다.

'절대악이…… 왜……'

정말 이상한 느낌이다.

'천천히 움직이는 것 같지?'

자신의 눈으로는 제대로 보이지 않지만, 왠지 절대악에게서는 여유가 느껴졌다. 오히려 공격하는 쪽인 유리엘이 조급해 보였다.

한주혁은 순간 무엇인가를 느꼈다.

'심검, 아니, 심창인가?'

유리엘이 '심창'을 사용한 것 같다. 심장 쪽에 저릿한 느낌이 있었다. 정전기가 일어난 것 같았다.

"따끔하네."

따가운 정전기 말고. 그냥 일상에서 가볍게 이는 정전기. 스웨터를 입고 벗을 때 나는 정전기 정도. 딱 그 정도 느낌이었다.

"……."

유리엘은 할 말을 잃었다.

기회를 엿보아 가면서 '심창'을 사용했다. 눈에 보이지 않는 창. 의지만으로도 상대를 죽일 수 있는 기술인데. 절대악에게는 통하지 않았다.

"템빨이…… 그 정도란 말이냐?"

아무리 템빨이라고 해도. 이건 너무 과하지 않은가.

"지금 네 단계가 초인의 영역 몇 단계야? 아, NPC들은 그런 구분이 없나?"

자신은 '초인의 영역-1'이라는 스킬을 사용했었다. NPC들은 그런 구분 없이 자연스럽게 사용할 수 있는 건 아닐까.

"닥쳐라. 비겁한 놈. 중요한 일이 있어서가 아니라. 아이템을 얻기 위해 시간을 벌었구나."

아무래도 그런 모양이다. 절대악이 백성들을 위해 무엇인가 했다는 소식은 들려오지 않았다. 유리엘이 생각하기에 자신은 사기를 당했다.

"아, 맞다."

한주혁이 문득 생각난 듯 말했다.

"그거 다시 내놔."

블랙 스톤. 그게 얼마짜린데. 그냥은 못 준다. 어디다 팔아먹었다는 소식은 전해지지 않았으니, 아직 유리엘이 갖고 있을 터였다.

"제정신이 아니로구나."

신급 아이템을 믿고서 너무 방자하게 구는 것 같다. 유리엘은 '초인의 힘'을 개방시켰다.

-'웨폰 마스터리-각성'을 사용합니다.

-'웨폰 마스터리-각성' 효과로 인하여 '네이마렌'이 각성합니다.

-네이마렌의 등급이 상승합니다.

-네이마렌의 등급이 신급을 초과합니다.

-시스템 설정에 의하여 '네이마렌'의 등급이 일시적으로 '차상위 등급 명령'급으로 상승합니다.

유리엘의 창에 붉은 기운이 몰려들기 시작했다. 붉은 기운은 마치 뜨거운 용암처럼, 유리엘의 창에서 일렁거렸다.

한주혁의 눈에도 잡혔다.

"인위적으로 아이템 등급을 높였네?"

과연 최상위급 NPC답다.

"……."

유리엘인 거친 숨을 몰아쉬었다. '웨폰 마스터리'를 사용하느라 체력이 많이 소비된 모양이었다.

"네놈의 창. 신급이라 했겠다."

신급 아이템의 효과는 인정할 수밖에 없었다. 자신이 순수 창술에서 밀리다니.

하지만 이제는 어쩔 수 없을 거다. 신급을 초월한, 그보다 더 높은 등급의 창을 무기로 하고 있으니까. 등급 상성에서 이쪽이 훨씬 유리할 거다.

'그런데……'

어떻게 그 사실을 알았지? 놈에게 간파하는 능력이 있나?

'그건 중요하지 않아.'

중요한 건, 지금 놈의 목이 땅에 떨어질 것이라는 거다.

"지금 당장 죽여주마."

그와 동시에 그는 하늘을 볼 수 있었다.

'어……?'

자신의 의지와는 상관없이 하늘을 봤다.

쿵! 하는 충격이 느껴졌다. 어느샌가 자신은 바닥에 누워 하늘을 바라보고 있었다.

"신급을 초과하는 아이템이었나 봐."

한주혁이 알림을 들은 건 아니다. 그냥 눈으로 봤더니 보였다. 원래 가지고 있던 심안이 완전히 진일보하여 새로운 능력이 되어버렸다. 그냥 보면 보이는 것. 거의 본질에 가까운 것들이 보였다.

"최상위 등급까지는 아닌 거 같고."

그냥 떠오르는 대로 중얼거렸다.

"차상위 정도……? 신급은 확실히 넘는 것 같은데."

뭐, 그런 건 중요하지 않다.

템빨도 통하는 상대가 있고, 통하지 않는 상대가 있다. 유리엘에게는 심히 안타까운 일이지만 자신은 템빨이 통하지 않는 상대다.

"어때? 주먹으로 명치 맞으니까."

그제야 유리엘은 켁켁대기 시작했다. 명치 부근에 구멍이 뚫린 것 같았다.

"죽이지는 않았어."

한주혁이 씨익 웃었다.

"블랙 스톤. 내놔, 내 거야."

고통 속에 몸부림치면서, 유리엘은 그 미소를 봤다. 저도 모르게 '악독한 새끼……'라고 중얼거렸다. 생각해서 나온 게 아니라, 본능적으로 그 말이 튀어나왔다.

그때 한주혁이 뭔가를 발견했다. 붉게 일렁거리던 창이 어느새 원래대로 돌아왔다. 그런데 창끝의 무엇인가가 밝게 빛나고 있었다. 푸른 빛.

한주혁은 그것을 보자마자 깨달을 수 있었다.

'저건⋯⋯.'

구체적인 이름은 모르겠지만 한주혁은 저것을 '약속의 빛'이라고 느꼈다.

"약속의 빛?"

뭔지는 몰라도 유리엘의 창에 새겨진 '약속'이 반응하고 있는 것 같다.

그와 동시에 유리엘이 정신을 번쩍 차렸다.

"헉!"

저게 갑자기 왜.

'미친⋯⋯!'

생각이 났다.

유리엘은 갈렌티아와 이런 말을 했었다.

"저 대악이 나를 이겨? 말도 안 대지. 저대로 그런 일 없따! 그런 일이 생길 거 가트면! 내가 그놈을 형니므로 모시게쒀!"

자신이 질 것 같으면 절대악을 형님으로 모시겠다는 약속을 했었고, 그 약속을 자신의 창이 인지했다.

"아냐, 이거 아니야. 나는 아직 안 졌⋯⋯ 으악!"

한주혁이 순식간에 거리를 좁혔다. 유리엘은 반응하지 못했다. 유리엘도 빠른 NPC인 것은 맞지만, 한주혁의 움직임을 읽고 피할 정도는 되지 못했다.

눈을 감았다 뜨니 한주혁이 앞에 있었고, 한주혁이 주먹으로 유리엘의 머리를 때렸다.

이주랑도 그 광경을 봤다.

'저건⋯⋯.'

쉽게 말해.

'꿀밤?'

꿀밤이었다.

플레이어들 사이에서도 강한 NPC로 유명한 유리엘이 꿀밤을 허용했다. 그리고 그 꿀밤에 아파하며 바닥을 구르고 있다.

단순한 꿀밤이 아닌 것 같았다. 지독한 통증을 동반하는 '특수한 꿀밤'인 것 같다.

'절대악에게 무슨 일이 일어난 거야?'

저 정도는 아니었다.

원래 강함이란 건 상대적인 것. 유리엘을 상대로 이런 모습을 보일 정도면, 도대체 얼마나 강한 것이란 말인가. 그 유명한 유리엘을 어린애 다루듯 하고 있지 않은가.

'그사이에 또, 또 성장했어.'

도저히 가늠조차 할 수 없을 정도로 많이 성장했다. 이주랑의 귓불이 조금 붉어졌다.

한주혁이 강해졌는데, 왜 자신이 기분 좋은지, 왜 자신이 뿌듯한지 모르겠다. 이주랑은 기분이 좋아지고 뿌듯해진 것을 애써 부정했다.

어쨌든 '약속의 빛'이 유리엘을 감싸 안고, 그의 온몸이 푸른 빛으로 빛나기 시작했다.

유리엘이 외쳤다.

"아니야! 이거 아니라고! 이거 아니야!"

한주혁은 알림을 들을 수 있었다.

-시스템 설정 중복을 확인합니다.

-'유리엘'이 충성 서약서에 이름을 올리기 원합니다.

자세한 설명은 없었지만 한주혁은 이게 어떻게 된 일인지 대충 이해할 수 있었다.

스스로의 제약에 걸려든 것 같다. 패배하면, 자신의 수하가 되는 설정인 것 같다.

"아니야, 아니…… 혀……!"

한주혁은 잠깐 두고 봤다. 뭐가 그렇게 싫은지 발버둥 치고 있는데, 안타까울 지경이었다.

'혀?'

그게 뭔가 했더니.

"혀어……!"

좀 더 기다려 봤다.

"형님!!!"

한주혁은 어이가 없어 유리엘을 쳐다봤다.

유리엘이 자신더러 형님이라 말하고 있었다. 충성서약서에
도 이름이 올라갔다. 강제적으로. 그렇게 됐다.

알림이 또 들려왔다.

-시스템 설정에 의하여 '유리엘'은 '아서'의 명령에 절대적으로
복종합니다.

어쨌든 좋다. 말 잘 들으면 좋지 뭐.

유리엘은 반쯤 흐느꼈다.

"이거 아닌데. 씨팔……!"

한주혁이 다시 한번 씨익 웃었다.

유리엘은 또다시, 저 미소가 정말 사악하다고 느꼈다. 첨언
하자면, 이주랑은 저 미소가 아름답다고 느꼈다.

한주혁이 쪼그린 상태로, 눈물을 흘리며 누워 있는 유리엘
을 향해 손을 내밀었다.

"블랙 스톤. 내놔."

그리고 그때 좋은 생각이 떠올랐다.

"아, 그리고 말인데."

한주혁이 말을 이었다.

9장
내가 만렙이다(1)

"아, 그리고 말인데."

한주혁이 말을 이었다.

"우리 전투. 네가 이긴 거다?"

"……뭐라는 거냐?"

바닥에 누운 유리엘은 절대악이 무슨 말을 하는 건지 이해하지 못했다.

"앞으로 존댓말 꼬박꼬박 쓰고."

유리엘은 시스템 설정에 저항하려 애썼지만 그럴 수 없었다. 그 스스로 창에 대고 언약을 맺었기에, 그 언약을 깰 수는 없었다.

결국, 이를 바드득 갈면서 말했다.

"네, 형님."

"그래. 어차피 아무도 우리를 못 봐."

딱 한 명. 이주랑만 진실을 알고 있다. 그 외에는 아무도 이 곳을 보지 못하게 했다.

"절대악에게 그런 스킬은 없었을 텐데…… 요?"

"스킬? 그게 뭐야?"

한주혁의 능글맞은 미소와 마주한 유리엘은 욕할 뻔했다. 플레이어가 스킬을 모른다면 그 누가 스킬을 안단 말인가. 화가 치밀어 올랐다.

'그런데……'

확실히 절대악에게서는 '스킬을 사용한 흔적'을 찾을 수 없었다. 시스템이 강제로 개입하여 어떤 마나 왜곡 현상을 일으킨 흔적이 아예 없다. 플레이어들이 사용하는 능력과는 많이 달랐다.

'이건…… 설마.'

시스템 설정으로 만들어진 스킬이 아니라, 스스로 본신 능력으로 이 공간을 분리시켰다는 얘기인가?

'프루나의 플레이어들이 반응이 없었다.'

절대악은 스킬을 사용하지 않았다. 이곳에서는 프루나의 플레이어들이 보인다. 그런데 프루나의 플레이어들은 이쪽을 보지 못하고 있는 것 같다.

"어떻게 한 거야…… 요?"

"포기하면 편해."

한주혁이 씨익 웃었다.

"너는 가서 보고를 해. 나를 죽였다고. 대신 뭐, 델리트는 실패했다고 전해. 나한테 아주 특별한 아이템이 있었다고 하면 되겠지."

"……제가 왜 그래야 하죠?"

"몰라. 시스템 설정값이 그렇게 되어 있던데? 너 내 말 안 들으면 죽을걸?"

한주혁도 왜 이게 이렇게 되어 있는지는 모른다. 진일보한 심안에 의해 상황을 정확하게 파악했을 뿐이다.

"하여튼, 황실에는 그렇게 보고해."

유리엘은 높은 NPC와 관련이 있을 거다. 그 높은 NPC가 누군지는 모르겠지만.

"그럼 나한테는 당분간 시선을 거두겠지."

유리엘 한 명도 이기지 못하는 절대악. 그런 절대악에게 누가 신경이나 쓰겠는가.

지금 안 그래도 '스카이데블의 후예'의 흔적을 찾는 대륙 전역에 공표되었고, 에르페스 제국도 '스카이데블의 후예'를 눈에 불을 켜고 찾고 있는 상황.

"나는 조용히 할 일이 좀 있거든."

"……."

한주혁이 씨익 웃었다.

"자, 얼른 내놔."

손바닥을 내밀었다.

"……뭘요?"

"블랙 스톤."

"이미 줬잖아요."

"빌려준 거지."

유리엘은 절대악이 정말 악마로 보였다. 정말 악독한 새끼라고 생각했다.

"싫으면 그냥 여기서 죽이고. 우리 원래 생사결 결투를 하고 있던 중 아니었어? 죽이고 네 창 뺏지 뭐."

유리엘은 결국 항복했다.

"……여기요."

"대외적으로는 네가 이긴 거다? 날 죽인 거다? 자존심도 살고. 좋지?"

"……."

"좋. 지?"

"네. 좋습니다. 죽을 만큼요."

"그래그래."

한주혁은 여전히 쓰러져 있는 유리엘의 머리를 두어 번 쓰다듬어 줬다.

데미안이라는 든든한 부하가 사라졌는데, 유리엘이라는 제법 괜찮은 부하가 새로 생긴 것 같다. 부들부들대는 것이 좀 귀엽기도 했고.

"그래. 난 로그아웃당한 척한다. 알아서 보고 잘해."

"……예."

어쨌든 유리엘은 플레이어에게 굴욕적인 패배를 맛봤고 블랙 스톤도 빼앗겼다.

하지만, 에르페스 제국에는 그 소식이 반대로 전해졌다. 유리엘이 절대악을 사냥하는 데 성공했다고.

에르페스 제국. 가장 은밀한 회의가 이루어지는 '그곳'에서도 절대악과 관련된 얘기가 나왔다.

"유리엘이 사살했다고 합니다. 일대일 전투로 죽였다는군요."

"고작 유리엘 한 명에게 사망한 것입니까?"

"아쉽게도 델리트는 실패했다고 합니다. 숨겨둔 한 수가 있었던 모양입니다."

그들은 모두 생각했다.

"절대악의 성장세는 인정하지만…… 그 한계는 뚜렷한 것 같습니다."

"초반의 폭발적인 성장세는 발견되지 않고 있습니다."

"그렇게까지 걱정할 필요는 없겠군요."

지금은 절대악이 중요한 게 아니다. '스카이데블'과 관련된 무엇인가가 나타났다. 시스템적으로. 그들을 찾아내야 한다.

그들은 '에르페스'의 숙적이다. 같은 세상에 존재해서는 안 된다.

누군가 입을 열었다.

"예전에 절대악과 적대악이 같은 플레이어라는 주장이 잠깐 있었지 않습니까?"

"그랬지요."

그래서 까다로운 퀘스트도 줬었고, 적대악을 특사로 파견도 했었다. 이번에는 성족에게 그 판단까지 맡기면서 두 번, 세 번 검증했다.

그 결과 적대악은 절대악을 상대하기 위해 시스템이 만들어낸 또 다른 플레이어. 밸런스를 조절하는 플레이어가 맞았다.

"저는 이 자리에서 한 번 더 확인하기를 요청합니다. 성족의 증표를 모두 모아, 황금사자상에서 성족의 유물을 손에 얻으면 분명 큰 힘을 가지게 될 테니까요."

어떤 큰 힘을 갖게 되는지는 그들도 모른다. 다만 기록에 따르면 '아주 큰 힘'을 얻을 수 있으며, 그 힘은 불멸자에게만 주어진다고 전해지고 있다.

"지금은 유리엘에 의하여 절대악이 사망한 시점입니다."

절대악이 죽었다. 같은 플레이어라면 적대악은 플레이가 불가능하다.

"돌다리도 두 번, 세 번 두드려 보고 건너야지요. 지금 적대악에게 연락이 가능할까요? 적대악과 친분이 있는 듀퐁 백작이나 두반 백작 정도면 가능할 것 같습니다."

그들은 그 자리에서 결정했다.

"황제가 두반 백작에게 칙서를 내리게 하지요. 적대악에게 또 다른 퀘스트를 주기로 합시다. 지금 당장."

그들은 이미 반쯤 적대악을 믿는다. 지금처럼 시국이 어수선한 때에, 미래의 걸림돌이 될 수 있는 '절대악'에 대항할 수 있는 패. 그래도 한 번 더 확인하기로 했다.

'그곳'에서의 회의를 통해 황제의 행동이 결정되었다. 황제가 두반 백작에게 칙서를 내렸다.

두반 백작의 초대를 받은 적대악 앤서. 그러니까 한주혁은 두반 백작의 영지인 에티피아로 향했다.

'번거롭네.'

아메리아 대륙으로 들어가는 것보다 더 까다로운 두반 백작의 저택. 필드 전체가 저택으로 분류되어 있는 특수 공간. 과연 에르페스 내에서 다섯 손가락에 꼽히는 백작가 다웠다.

'이주랑 씨 능력 쓰면 금방인데.'

그런데 그 능력은 '절대악'의 능력이라고 공표되어 있는 상황이라 함부로 쓰기가 껄끄럽다.

'조화의 힘을 얻은 뒤로 처음이네.'

과연 자신의 모습을 보고서 '앤서'로 생각할 것인가.

이제 '아서'든, '앤서'든 그 차이가 없다. 이름만 다를 뿐, 모든 능력은 통합되어 있고 생김새도 같다. 두반 백작이 과연 자신을 적대악으로 인식할지. 조금은 궁금했다.

'뭐. 성족들도 못 알아봤는데…… 당연하겠지만서도.'

두반 백작은 저번과 마찬가지로 워프 포탈 앞까지 마중을 나와 있었다.

"어서 오게."

"오랜만에 뵙는 것 같습니다."

두반 백작 옆에는 갈렌티아가 서 있었다. 예전에는 높은 벽이 서 있는 것 같은 느낌이었는데, 지금은 아니었다.

'생각보다 엄청 약하네?'

그게 그냥 느껴졌다. 직접 부딪쳐 보지 않아도. 안다. 갈렌티아와 자신이 싸우면, 백 퍼센트 자신이 이긴다. 그것도 압도적인 차이로.

"지금부터 황제 폐하의 칙령을 전달하겠네."

그가 두루마리에 적힌 황제의 명령을 읽었다. 그와 동시에 퀘스트가 주어졌다.

-퀘스트. '멸악'이 생성됩니다.

<멸악>

에르페스를 집어삼키고자 하는 악의 화신. 지저분한 욕망을 가진 '스카이데블의 후예'들이 준동하고 있다고 합니다. 적대악은 '악을 멸하는 자'로서 스카이데블의 후예들을 찾아내어야 합니다. 그리고 그들을 처단하여야만 합니다.

과연 황제가 내린 퀘스트다웠다. 그 어떤 보상도 명시되어 있지 않고, 그냥 '이래야 한다'만 적혀 있다.

그렇지만 한주혁은 안다. 비록 아무런 보상 내용이 적혀 있지 않더라도, 분명 큰 보상이 기다리고 있다.

"황제 폐하의 명령을 기쁘게 받들겠나이다."

스카이데블의 후예를 이끄는 사람이 난데요. 그렇게 말할 수는 없지 않은가.

한주혁은 퀘스트를 받아들고서 프루나로 돌아와 시르티안과 잠시 얘기를 나눴다.

"여전히 나를 의심하고 있는 것 같네."

특사로 파견할 때부터 알아봤다.

괴상한 퀘스트 내용이지 않은가. 30분간 서로 대화를 해야 한다니. 괴짜 마법사 홉디아의 마법서가 아니었다면 클리어하기 힘들었을 거다.

"그렇습니다. 주군. 유리엘을 놓아준 것은 탁월한 수였던 것 같습니다."

"그러라고 놓아줬지."

그냥 절대악으로 향하는 시선만 분산시키려고 했는데, 때마침 이렇게 칙령이 내려올 줄 몰랐다.

시르티안의 표정이 무겁게 가라앉았다.

"주군. 그러나 이것은 간과해서는 아니 될 것이라 사료됩니다."

"알아."

유리엘이 황제와 다이렉트로 연결되어 있지는 않을 거다. 분명 귀족 중 누군가와 연관이 되어 있을 거다. 그런데 그 귀족에게 보고를 올렸더니, 황제가 칙명을 내렸다?

한주혁이 말했다.

"황제 위의 황제가 있다는 뜻이겠지."

현재의 황제는 꼭두각시다. 진짜 머리는 따로 있다. 그게 대공이 됐든. 누가 됐든 간에.

"예. 그렇습니다."

한주혁이 씨익 웃었다.

"뭐."

황제 위의 황제? 모르골과 에르페스를 동시에 다스리는 암중 세력? 대공?

"뭐 어쩔 건데?"

이제는 마음이 좀 가볍다.

뉴클리안의 위협이 남아 있기는 했지만.

"지들이 나보다 세?"

데미안, 카르티안. 그리고 대천사들의 정수를 흡수한 자신이다. 인간의 종족 값을 아득히 초월했다.

지킬 것이 많아서 그렇지, 에르페스 자체는 별로 두렵지 않다.

시르티안의 가슴이 벅차올랐다.

"약합니다. 주군."

바닥에 넙죽 엎드렸다.

"주군의 힘 앞에서 에르페스는 그저 어린아이일 뿐입니다."

"어린아이?"

시르티안은 아차 싶었다. 너무 심취한 것 같다. 아무리 그래도 에르페스다. 어린아이는 너무한 것 같다. 너무 오버한 것 같아 말을 바꾸려고 했다.

"태아 정도 되겠지."

태아도 많이 쳐줬다. 정자라고 하려다가 참았다.

비교적 점잖은 장로에 속하는 시르티안이 충격받을까 봐. 말은 부드럽게 완화했지만, 마음 자체는 진심이었다. 정자랑 싸울 수도 없지만, 싸워서 질 사람도 없지 않겠는가. 그만큼 자신이 있었다.

"시르티안. 일단 나는 황금사자상으로 갈 거야."

거기서 무엇을 얻을 수 있을지는 모르겠다. 대천사들의 정수와 최상위 마족의 정수들을 섭취한 시점에서, 다른 무엇인가를 얻는다는 것이 의미가 있는지 모르겠다.

'지금 시점에서 보상이 중요한 건 아냐.'

보상만이 목표가 아니다. 지금 한주혁이 노리는 건 다른 거다. 지금 노리는 바를 잘 파고들어야 모든 그림이 그려질 테니.

'내 본신 능력 자체는 충분히 강해.'

혼자서는 충분히 강하다. 그러나 다른 이들 모두를 지킬 힘은 아직 없다.

'모두를 지킬 힘은 없어.'

상대에게 뉴클리안이라는 커다란 한 방이 있는 한, 그리고 알지 못하는 어떤 힘이 있는 한. 모두가 완벽하게 안전할 방법은 없다.

'그렇다면.'

그러면 방법은 하나다. 이쪽을 위험하게 할 요소를 없애 버리는 것.

그동안 '적대악'은 제국이 준 퀘스트를 충실하게 이행하는 모습을 보여줄 것이다. 제국이 보기에 '절대악을 상대하기 위한 힘을 기르는 것처럼' 보이기 위해서.

"준비해. 내가 먼저 제국을 칠 거니까."

"노신. 분부 받들겠습니다⋯⋯!"

시르티안은 또다시 가슴이 벅차올랐다. 눈물이 가득 차올랐다.

제국을 먼저 친다니. 이런 호기로운 말을 들을 수 있을지 몰랐다. 살아생전 이런 말을 들을 수 있다니.

"병력은 어떻게 준비할까요?"

앞으로 작전은 어떻게 짤 것인가. 어떻게 병력을 운용하며, 어떻게 군량을 조달할 것인가. 어떤 지형에서 어떻게 싸울 것인가. 그 모든 것들이 시르티안의 머릿속을 복잡하게 헤집었다.

"병력이 왜 필요해?"

"……예?"

일반적으로, 병력이 많으면 좋긴 하다. 어디까지나 일반적인 상황에서 말이다.

그런데 지금은 그다지 일반적인 상황이 아니다.

"내가 만렙인데."

'내가 먼저 친다'라고 했지 '우리가 먼저 친다'라고는 안 했다.

한주혁이 설명을 시작했다.

"잘 들어. 시르티안. 지금부터 내가 할 것은."

시르티안의 눈이 커지기 시작했다.

to be continued

유수流水 역사 판타지 장편소설
WISHBOOKS HISTORICAL FANTASY STORY

[평소에 위가 안 좋다고 생각하는 분들 들어오세요.]

'건강 팁이 아니라 삼국지 낚시였어?'
"에이, 잠이나 자자."

어라? 내가 잠이 덜 깬 건가?

"······어나십시오. 일어나셔야 합니다, 장군. 장군?"

잘 자고 일어났는데 삼국지 속.

뭐라고? 우리 형이 여포라고?

난세의 영웅은 무리지만 영웅의 보좌관이 되겠다.

업어 키운 여포

막장
악역이
되다

크레도 퓨전 판타지 장편소설
WISHBOOKS FUSION FANTASY STORY

자고 일어나니 소설속, 그런데……

[이진우]

재벌 3세, 안하무인, 호색남, 이상 성욕자, 변태.
가장 찌질했던 악역. 양판소에나 등장할 법한 전형적인 악인.

"잠깐, 설마…… 아니겠지."

소설대로 가면 끔찍하게 죽는다.
주인공을 방해하면 세계는 멸망한다.

막장 악역이 되다

흙수저 이진우의 티타늄수저 악역 생활!

만 년 만에 귀환한 플레이어

나비계곡 퓨전 판타지 장편소설
WISHBOOKS FUSION FANTASY STORY

어느 날, 갑작스럽게 떨어진 지옥.
가진 것은 살고 싶다는 갈망과 포식의 권능뿐.

일천의 지옥부터 구천의 지옥까지.
수십만의 악마를 잡아먹고 일곱 대공마저 무릎 꿇렸다.

"어째서 돌아가려 하십니까?"
"김치찌개가… 김치찌개가 먹고 싶다고."

먹을 것도, 즐길 것도 없다.
있는 거라고는 황량한 대지와 끔찍한 악마뿐!

"난 돌아갈 거야."

「만 년 만에 귀환한 플레이어」

무공을 배우다

목마 퓨전 판타지 장편소설
WISHBOOKS FUSION FANTASY STORY

"무(武)를 아느냐?"

잠결에 들린 처음 듣는 목소리에 눈을 떴을 때,
눈앞에 노인이 앉아 있었다.

"싸움해 본 적 있나?"
"없는데요."

[무공을 배우다.]

20년 동안 무공을 배운 백현,
어비스에 침식된 현대로 귀환하다!

'현실은 고작 5년밖에 지나지 않았다고?'

Wish Books
밥만 먹고 레벨업
박민규 게임 판타지 장편소설
WISHBOOKS GAME FANTASY STORY
바사삭, 치킨. 새벽 1시에 먹는 라면!
그런데 먹기만 해도 생명이 위험하다고?
가상현실게임 아테네.
먹고 싶은 음식을 먹을 수 있는 유일한 방법!
[식신의 진가가 발동됩니다.]
[힘 1, 체력 1을 획득합니다.]
「밥만 먹고 레벨업」
"천년설삼으로 삼계탕 국물 내는 놈이 세상에 어디 있냐!"
"여기."